鬼はたまゆら、帝都に酔う

古河 樹

富士見L文庫

目次

序章　青と春風

この国には昔から怪異《かいい》が現れる。

あやかし、妖怪、物《もの》の怪《け》など、呼び方は様々だが、それらは総じて人々の営みに深く関わってきた。

帝都軍《ていとぐん》の軍人、神宮寺彰人《じんぐうじあきひと》少尉はそうした怪異に対処する専門部署に所属している。

そして彰人は今まさに強大な怪異と対峙《たいじ》していた。

見上げた先には、青空。

帝都軍本部の屋根の上には世にも美しい怪異が立っていた。

「いい風だ。桜の香りがする。俺の髪を遊ばせるには相応《ふさわ》しい」

言葉通りに長い髪を風になびかせ、怪異は艶《あで》やかに笑う。身にまとっているのは上質で派手な着物。衿《えり》元は大きく開かれ、白い鎖骨が覗《のぞ》くほどに着崩している。

風に流れる髪の間からは――角が生えているのが見えた。

鬼だ。

怪異の鬼は地上の彰人を見下ろして言う。

「ここの奴らは帝都軍といったか？　見たところ、帝都軍で最も腕の立つ術者はお前だな。そうだろう？」

相違ない。彰人は帝都軍のなかでも怪異対処に特化した部署、陰陽特務部《おんみょうとくむぶ》の指揮官である。術者としての腕は帝都でも随一と称されている。

腰のサーベルに手を掛け、彰人は頭上を睨《にら》んだ。

「私に何の用だ？　自ら斬られにきたというのならば褒めてやる」

すると鬼は腰に手を当て、さらに笑みを深めた。

「なるほどなるほど、佇《たたず》まいは悪くない。しかし覚悟の方はどうだろうな？」

すっと手のひらが掲げられた。次の瞬間、白い指先に突如、真っ赤な炎が巻き起こる。

鬼が駆使する怪異の炎、鬼火である。

「俺はこの世で最も美しく、そして最も強大な怪異だ。人間風情が立ち向かうのならば、命を賭した術の一つや二つは必要だろう。人間よ、お前はその身を賭して俺に挑む覚悟はあるか？」

言葉にするまでもない。腰のサーベルを抜き放つことによって答えとした。

彰人はこの鬼と対峙する以前に、軍上層部からすでに命令を受けている。上官である中将は彰人にこう言った。

神宮寺少尉、伝説の鬼を討ってくれ。

帝都の平穏のため、君には贄《にえ》になってほしい、と。

望むところだ。この帝都に蔓延《はびこ》る怪異を残らず掃討することは、彰人にとっても悲願である。その礎となれるのならば、己が命など惜しくはない。

「ほう?」

鬼がすっと目を細める。

「どうやら腹は決まっているらしいな」

ふいに風が強さを増した。

春先の突風が吹き荒れ、帝都軍の敷地《しきち》の桜が花びらを散らす。

青空の下、花吹雪のように桜が舞うなかで。

孤高の軍人と伝説の鬼は対峙した――。

第一章　嵐が来たりて、花が舞う

帝都大橋通り《ていとおおはしどお》りの煉瓦《れんが》街。

ここでは文明開化後、古い木造建築が取り壊され、一斉に煉瓦造りの街並みへと建て替えが行われていた。ガス灯が通りの両端に整然と並び、西洋建築を真似《まね》た煉瓦の建物がどこまでも連なっている。帝都大橋通りはこの街で最もハイカラな場所の一つだった。

人通りも多く、男性は羽織《はおり》姿に帽子を被《かぶ》り、角袖外套《かくそでがいとう》を羽織った者が多い。女性は鯨《くじら》帯を巻き、小袖姿でパラソルや手提げ鞄《かばん》を持つ者が目立っていた。

帝都成立から数十年が経《た》ち、すでに髷《まげ》を結った侍たちの姿はない。

時代は移り変わろうとしていた。

しかしそれでもなお、怪異は現れる。

帝都大橋通りの一角に店を構える、老舗の呉服商『白鶴屋《しらつるや》』。その周囲に人だかりが出来ていた。彼らの視線は頭上に向けられている。『白鶴屋』の建物は白色煉瓦を基本としているが、屋根だけは対照的に黒い。その黒屋根の上を巨大な鼠《ねずみ》が走っていた。全長は野良犬ほどになるだろうか。明らかにただの鼠ではない。前歯は鍬《くわ》の刃のように大きく、爪も短刀のごとく鋭い。さらには黒い闇のような靄《もや》をまとっていた。怪異である。

昔からこの国には人でも動物でもない、異形の存在が現れる。それらは怪異、あやかし、妖怪、物の怪など、様々な名で呼ばれ、人々に禍福をもたらしてきた。

鼠は殺気を漂わせ、『白鶴屋』の屋根の上を忙《せわ》しなく行き来している。その度に屋根材がこぼれ落ち、欠片《かけら》が当たって看板にひび割れが生じていた。

鼠が暴れると、人だかりの野次馬たちは恐怖と好奇の入り混じった声を上げる。

大方は『恐ろしい。しかし見ていたい』といった表情だ。人々は昔から怪異と隣り合わせに生きている。自身に危険が及ばなければ、怪異は街角の喧嘩《けんか》のような娯楽の一つだ。

ただ、群衆のなかに一人だけ、怒りの視線を向けている者がいた。『白鶴屋』の大旦那である。

「早くあいつを退治せんか！　一体なんのための帝都軍だ!?」

怒鳴り声の先にいるのは、軍服姿の帝都軍人たち。

帝都軍は新政府から帝都の守護及び治安保持を任された組織である。なかでも怪異の対処については平安《へいあん》から続く陰陽術《おんみょうじゅつ》を主体とした術を使い、それらを駆使する陰陽特務《おんみょうとくむ》部《ぶ》が事に当たっている。

大旦那の眼前では陰陽特務部の軍人たちが鼠に対して呪符を放っていた。しかし鼠を捕えることはできず、せいぜいが逃亡を防ぐ程度だった。

鼠が隣の建物へ飛び移ろうとすると、軍人たちは呪符を宙へ放つ。すると呪符が淡い光を帯びて飛んでいき、鼠の鼻先を直撃。小さな稲光のようなものが弾《はじ》け、鼠は驚いて屋根へと戻る。鼠の逃亡を防ぐことはできているが、その間も『白鶴屋』の屋根や看板は破損し続けている。

怒髪天を衝く大旦那の怒りはもっともだった。

「申し訳ありません。大旦那に対し、若い軍人が必死に頭を下げている。

「申し訳ありません。しかしあの鼠は鉄鼠《てっそ》といって、非常に危険な怪異なんです。まだそれほど力は見せていませんが、下手に刺激すると大惨事を引き起こす可能性があります。対処には慎重さが求められるんです。どうかご理解下さい」

「軍人が危機を恐れるのか？　あんなもの、ただのでかい鼠だろうが！　とっとと屋根から引きずり下ろせ！　ええい、もういい。そこをどけ。お前らがやらないのならウチの若い衆にやらせる！」

「ま、待って下さい！　鉄鼠は腹のなかに莫大《ばくだい》な呪いを溜《た》め込んでいることがあるんです。一般の方々に近づいて頂くわけにはいきません！」

鉄鼠にはかの比叡山延暦寺《ひえいざんえんりゃくじ》で仏像や経典を食い荒らしたという記録がある。霊峰と謳われた比叡山でそこまでの暴虐を働ける怪異はなかなかいない。

無論、『白鶴屋』の屋根にいる鉄鼠がそこまでの個体だとはさすがに考えにくいが、帝都の平穏を守る帝都軍としては、万が一のことも考慮しなければならない。

若い軍人は大旦那へ必死に言い募る。

「我々の上官がまもなくこの場に到着します。それまでどうかご辛抱下さい……っ」

「上官だと？」

「はい！　あの方はこの広い帝都のなかでも随一の——」

その時、人だかりの向こうに車が停《と》まった。

まだ軍にしか配備されていない、最新式の国産自動車である。小さな階段状のタラップを踏み、ひとりの青年軍人が自動車から降りてくる。

帝都の人々の足と言えば、もっぱら馬車が一般的だ。自動車などは非常に珍しく、エンジン音を聞きつけて野次馬たちが振り返る。すると人だかりの後ろ側にいた女学生が「まあ……」と思わずため息をもらした。他の人々も同様で鉄鼠のことなど頭の外にこぼれ落ち、誰もが見惚《みと》れてしまう。

それほどに美しい青年だった。

凍えそうなほどに冷たい瞳、高級な絹糸のように細く艶やかな髪、人形と見間違うほどに顔立ちは整っており、見る者を萎縮させるような超然とした雰囲気をまとっている。

帝都軍の軍服を折り目正しく着込み、腰には軍刀のサーベルを差していた。また頭には軍帽を被り、襟に付いた階級章は少尉の位を示している。

青年は滑り止めの白手袋を取り出し、それをつけながら民衆に告げた。

「帝都軍・陰陽特務部、神宮寺彰人《じんぐうじあきひと》だ。道を空けてもらおう」

決して大きな声ではなかった。だが彰人の名を聞いた途端、野次馬たちは血相を変えて左右へ割れた。彰人がその真ん中を無表情で通っていくと、周囲にどよめきが木霊する。

「帝都軍の神宮寺……!?」

「怪異を退治するためなら人間も斬っちまうって噂《うわさ》のあの軍人か！」

「馬鹿っ、声が大きい！　目を付けられたら何をされるかわからないぞ。今まで何人もの人間が怪異をおびき寄せるための餌にされたって話だ……っ」

畏敬の眼差《まなざ》しが一瞬にして恐怖へと変わっていた。ともすれば怪異の鉄鼠よりも恐れられているかもしれない。

青年の名は神宮寺彰人。

怪異の脅威から帝都を守護する、帝都軍・陰陽特務部の指揮官である。

周囲の言葉には眉一つ動かさず、彰人は任務の現場たる『白鶴屋』に到着した。

「状況は？」

端的に尋ねると、若い部下が敬礼をして答えた。

「お待ちしておりました、神宮寺少尉殿！　対象は鉄鼠と思われる怪異が一体。この『白鶴屋』の屋根の上を行き来しています。現在、六名の部隊員で足止め中です」

彰人は頭上へ視線を向ける。

部下の報告通り、屋根の上には黒い靄をまとった鼠がいた。部下たちが呉服屋を取り囲み、鉄鼠が移動しようとする度に呪符を放っている。

「他に怪異の気配は？」

「ありません。現状、あの鉄鼠一匹だけです」

「結構だ」

彰人は頷《うなず》き、一歩前へ出る。

同時に軍服から一枚の呪符を取り出し、宙へと放った。すると光が瞬《またた》き、たった一枚の呪符が数十、数百に増えていく。『白鶴屋』そのものを覆うほどの量である。その一つ一つが神々しい輝きを放っていた。

たとえるならば、真昼の星々。

太陽の下、煉瓦造りの帝都の街並みを星のような呪符の光が照らしている。

民衆たちはもちろん、部下の軍人たちさえも、その光景に目を奪われた。

彰人は表情を変えず、白手袋の手で印を結ぶ。

「展開」

その一言で呪符の群が一瞬にして精緻な隊列を組んだ。『白鶴屋』を取り囲む、光の檻《おり》が完成する。

「捕縛」

次の一言で檻が一瞬で収縮した。鉄鼠は突然の状況に右往左往していたが、押し寄せた光に呑《の》み込まれていく。程なくして無数の呪符に包み込まれ、鉄鼠は動かなくなった。

「おお、見事だ……っ」

部下たちとは比べるべくもない手際に対し、大旦那が感嘆の声を上げた。一方、彰人は
『白鶴屋』周辺の部下たちに命じる。

「鉄鼠を回収しろ。その後、付近の被害状況を調査。今日中に報告を上げろ」

「了解しました!」

そばにいた若い軍人を含め、部下たちはすぐさま応じ、『白鶴屋』へ入っていく。

本来ならば怪異など討伐してしまいたいところだが、鉄鼠は腹に呪いを溜め込むという性質がある。下手に滅すると呪いが拡散する恐れがあるため、対処としては呪符による封印が望ましい。怪異によって適切な対応をすることも陰陽特務部の重要な役目だ。

また場合によっては調伏《ちょうぶく》といって、怪異を屈服させることで式神にすることもできる。今回の鉄鼠も可能であれば調伏術を施して式神にするかもしれない。

……忸怩《じくじ》たる思いだがな。

彰人は胸中でため息をつく。彰人は怪異を式神として使うことを好んではいない。上層部は戦力増強のために肯定的だが、帝都のためを思うのなら怪異はすべて討つべきだ。それが彰人の考えだった。

白手袋を外そうとしていると、和服の老人が話しかけてきた。

「いやはや、よくやってくれた。さすがは帝都軍だ」

先ほど若い部下のそばにいたことから察するに、この『白鶴屋』の大旦那だろう。

彰人が向き直ると、大旦那は喜色満面で肩を叩《たた》いてくる。

「噂は聞いているぞ。帝都軍には怪異に対して恐ろしく腕が立ち、そして恐ろしく美しい顔立ちの軍人がいるとな。あれは君のことだろう？　気に入った。どうだ？　ウチで燕尾《えんび》服《ふく》でも一着あつらえていかんか？　出来は保証するぞ」

なんと命知らずな……という雰囲気で群衆がざわめいた。彰人の名は帝都に知れ渡っている。だがそれらは決していい意味ではない。冷徹に怪異を討伐する姿から噂に尾ひれがつき、帝都の人々からはひどく恐れられている。

そんな彰人に対して忌憚《きたん》なく接することで、大旦那は周囲に自分の器を誇示したいようだった。だがこちらがそれに付き合うような義理はない。

「結構だ。軍人に夜会のための装いなど必要ない」

「な……っ」

取り付く島もない言葉を受け、大旦那は絶句した。そして見る間に茹《ゆ》で蛸《だこ》のごとく赤くなっていく。

ちょうどその時、部下たちが鉄鼠を回収して『白鶴屋』から出てきた。呪符に包み込まれた鉄鼠が二人掛かりで運ばれている。

利那、彰人は瞳を鋭く細めた。鉄鼠に貼り付いた呪符の間から黒い靄がわずかに漏れ出していたからだ。しかし部下たちは気づいていない。

「動くな」

大旦那に鋭く命じ、彰人は腰のサーベルを抜き放った。

銀色の刀身が日の光を反射して輝き、大旦那の顔の前を駆け抜ける。

「ひ……っ!?」

突然の行動に大旦那から引きつった悲鳴が上がった。

次の瞬間にはサーベルの切っ先が鉄鼠に触れていた。獣じみた叫び声が上がり、群衆が竦《すく》み上《あ》がる。ほぼ同時に呪符から漏れ出していた靄が弾け飛んだ。

……大人しくなったな。

もう危険はないと判断し、彰人はサーベルを鞘《さや》へと納めた。その視線は部下たちへ。

「わずかだが呪いが漏れ出していた。鉄鼠が腹に溜め込んでいたものだろう。一度、強固に封印しても動かせばほつれが生じることがある。怪異を運搬する際は入念に封印の重ねがけを行え。訓練で教えたはずだ」

「も、申し訳ありませんでした! 以後、徹底致します……っ」

部下たちが背筋を伸ばして謝罪する。それぞれの軍服から呪符を取り出し、鉄鼠への封印を強化していく。実際のところ、サーベルの一撃によって鉄鼠は完全に大人しくなっていたが、部下の教育のために彰人はあえて口を挟まない。

　怪異に抗する者は、霊威《れいい》という不可視の力を持っている。

　鉄鼠に斬りかかった際、彰人はサーベルに霊威を込めていた。その切っ先に触れたことで鉄鼠は強い静電気を浴びたような衝撃を受けたはずだ。物理的に斬ってはいないので、鉄鼠自体に傷はない。これ以上呪いを出すことがないよう、脅した程度である。

　しかし群衆にとっては衝撃的な場面だったのかもしれない。部下たちが鉄鼠を運び出すのを見届け、彰人が振り返ると、誰もが青ざめていた。

「信じられねえ。もう少しで店の爺《じい》さんまで斬っちまうところだったぞ……」

「そんなこと構いやしないんだよ。やっぱり噂通りだ。怪異さえやれるなら人間も平気で一緒に手に掛けるんだ」

「ね、ねえ、こっち見てるよ！　やだ、怖い……っ」

　一方、『白鶴屋』の大旦那は震えつつ、それでもこちらを睨《にら》んできた。

「き、貴様……っ」

「何か？」

　鉄鼠に対する一連の行動は必要な措置だった。漏れ出した呪いは少量だったが、わずかなほつれから爆発的に噴き出すこともある。そうなれば付近の群衆は怪異の呪いに掛かり、最悪の場合は命を落としてしまうことになる。最速で止めるには、あの角度で斬り下ろすことが最も効率的だった。

無論、大旦那には傷一つない。怪異の危険性と天秤《てんびん》に掛ければ問題はないはずだ。

そう考え、正面から目を見据えると、途端に大旦那は怯《ひる》んだように口ごもった。

「う……っ」

「何か私に言いたいことが？」

「い、いや……」

大旦那は視線を逸《そ》らす。ならば、と彰人は軍人として必要事項を口にする。

「怪異による被害については帝都軍が補償する。部下を調査に残すので、彼らに被害状況の報告を。怪異が現れた時の状況も出来るだけ詳細に伝えてほしい。今後の被害防止にも役立つことだ。協力を願う」

大旦那は戸惑いつつも「あ、ああ……わかった」と頷いた。

「では私はこれで失礼する」

彰人は敬礼をし、その場から立ち去った。

乗ってきた軍用車の方へ向かうと、遠巻きにしていた群衆がさらに後退《あとずさ》った。

別段、思うところはない。軍人は歌舞伎の役者や帝都劇場の俳優とは違う。民衆から好かれる必要などない。怪異の現場から遠ざかってくれるのならばむしろ好都合だ。

そうして彰人は軍用車に戻った。

一般自動車は富裕層に広まり始めており、それらはまだ天蓋《てんがい》無しが多いのだが、こちらは機密事項の多い軍用車なため、薄い屋根がついている。

前方の運転席には陰陽特務部の部下が運転手として待機していた。車にいる人間はその一人だけだったはずだが……。

「よお、神宮寺。お疲れさん。お前さんの任務が終わるまでのんびり待つ構えだったんだが、相変わらずの腕前だな。さすがは帝都随一の術者だ」

後部座席に軍服姿の青年がいた。襟の階級章は彰人と同じ少尉の位を示している。

その襟はだらしなく開き、あごにはところどころに無精ひげが残っている。生真面目さが服を着ているような彰人とは対照的に、不真面目さの権化のような雰囲気の男だった。

無論、乗ってきた時にはこんな男はいなかった。彰人は眉を寄せる。

「情報部の人間は礼儀というものを知らないのか。こんなところで待ち構えて、私に何の用だ？　不破《ふわ》少尉」

挨拶もなく車に乗り込んでいた男は、不破忠義《ただよし》。

帝都軍において機密情報の管理や各部署への伝達を担う、情報部の人間である。階級は少尉で、彰人が陰陽特務部の指揮官をしていることと同様に、不破もまた情報部の指揮を担っている。

にべもなく言い捨てた彰人に対し、不破はまったく意に介さず肩を竦めた。

「あのなあ、お前さん、もう少し愛想をよくしてもバチは当たらないと思うぞ？　ここから見てたが、『白鶴屋』の大旦那も可哀想《かわいそう》なくらい青ざめてたじゃないか」

「余計なお世話だ」

陰陽特務部の任務は帝都に蔓延《はびこ》る怪異の対処をすること。愛想など必要ない。

こちらが端的に言うと、不破は大げさにため息をついて見せた。

「まったく、そのつれない態度で世の中を渡っていけるんだから美丈夫は得だわな」

「皮肉を言いにきたのか？」

「まさか。褒めてるんだよ。顔の良さなんて軍には関係ない。お前さんが帝都軍で一目置かれているのは、偏《ひとえ》に比類なき実力ゆえだ。まさか鉄鼠をあんな短時間で仕留めちまうとはお釈迦様《しゃかさま》でも思わねえよ。さすがは帝都始まって以来の天才、今代屈指の術者だ」

霊威を行使し、怪異に対抗できる者は術者と呼ばれる。術者は帝都軍だけでなく、民間にも存在するが、彼らを含めても今代で彰人に比肩する者はいない。

他の追随を許さぬ、圧倒的な天才。

今代における最高峰の術者。

それが帝都の術者たちが口を揃《そろ》える、神宮寺彰人への評価だ。

「もう一度問うぞ？　情報部の人間が何の用だ？」

視線を強め、詰問するように言った。これ以上、不破の御託に付き合うつもりはなかった。

帝都軍は『帝都の守護と治安保持』という大義の下に動いているが、その内部は決して一枚岩ではない。西洋の警察機構に倣った治安部、陸軍の歩兵を委譲された歩兵部、同じく兵器運用を主眼とした砲術部など、陰陽特務部や情報部の他にも様々な部署に分かれ、帝都軍の主導権を巡って水面下で対立している。

またかつての帝都軍設立時には名のある家が様々に台頭し、その後も軍内で権力争いを繰り返している。神宮寺家と不破家もかつては鎬《しのぎ》を削った間柄だ。不破と腰を落ち着けて話すつもりなど彰人にはなかった。

「わかった、わかった。用件だけとっとと言うよ。だからそう睨むな。圧が強いんだよ、お前さんは。まったく……」

降参だ、と言うように不破はわざとらしく両手を上げる。

「とりあえず隣に座ってくれ」

「なぜだ？」

「任務だよ。本部の命令でお前さんを呼びにきた」

「本部の？」

一瞬、訝《いぶか》しく思ったが、任務だと言うのなら時間を浪費するつもりはない。車に乗り込み、軍帽を脱いで不破の隣に腰を落ち着けた。途端、不破が「素直なことで」と苦笑を浮かべる。

「運転手君、岬沢《みさきざわ》に向かってくれ。本部第一棟の正面につけてくれればいい」

不破にそう言われ、運転席の部下が指示を求めるようにこちらを見た。本来は御堂河原《みどうがわら》にある陰陽特務部の屯所《とんしょ》に戻る予定だったためだ。彰人は浅く頷《うなず》いた。

「構わない。岬沢に向かえ」

「了解しました」

排気音を上げてエンジンが動き、軍用車が走りだす。岬沢には帝都軍の本部施設がある。情報部の指揮官である不破がわざわざ呼びにきたということは、相当に重要な案件だと考えていいだろう。

「これから言うことは俺の独り言だ」

車に揺られ、しばらくして本部の敷地《しきち》が見えてくると、ふいに不破がつぶやいた。

広大な軍の施設の周囲には桜の木が連なっており、満開の花をつけている。不破は彰人の方ではなく、窓の向こうの景色を眺めている。

「神宮寺彰人は強い。間違いなく帝都随一の術者だ。それでも人間には出来ることと出来ないこと、そう……やって良いことと悪いことがある」

一拍置き、だから、と不破は続けた。

「お偉方に何を言われても、今回の任務は拒否しろ、神宮寺」

情報部はその職務ゆえ、帝都軍内部の様々な情報に精通している。どうやら不破は本部がなぜ彰人を呼び出したのか、知っているようだ。今の独り言はその内容についての不破なりの見解だろう。

だが他人の独り言を盗み聞く趣味などない。彰人は一切表情を変えず、目前に迫った本部第一棟を見据えて軍帽を被《かぶ》り直した。

その態度を見て、不破は呆《あき》れたように文句を言う。

「……この石頭め」

やがて車は三階建ての本部第一棟の前で止まった。春の風が吹くなか、桜の木々を横目に彰人は車から降りていく。

正面玄関で来訪を告げると、内務兵によって彰人だけが第一作戦室に案内された。

広い部屋の最奥には赤屏風《びょうぶ》があり、西洋式のシャンデリアの下、帝都軍上層部の重鎮たちが厳《いか》めしい表情で座っていた。

「陰陽特務部所属、神宮寺彰人少尉、参上致しました！」

彰人は敬礼し、到着を告げる。すると黒々とした髭を蓄えた、恰幅《かっぷく》のいい男性が口を開いた。陸軍派閥出身の黒峰《くろみね》中将。帝都軍では師団長を務め、陰陽特務部もその傘下にある。いわば彰人の直属の上官に当たる人物だ。

「ご苦労。よく来た、神宮寺少尉。まずはその資料に目を通したまえ」

彰人の目の前には黒塗りのテーブルがあった。そこには『持チ出シヲ禁ズ』と朱書きされた書類が置かれている。

「失礼致します」

黒峰中将の命令通り、彰人は書類を手に取った。職務上、速読には慣れている。上官たちを待たせることなく、素早く書類をめくり、内容を把握していく。

これは……。

一瞬、表情に出そうになった。寸前で自分を律すると、ほぼ同時に黒峰中将がマッチを擦って煙草《たばこ》に火を付ける。

「知っての通り、我が国には昔から怪異が現れる。しかし江戸《えど》の町は帝都となり、時代は変わった。我々は近代化を推し進め、一刻も早く西洋列強に追いつかねばならない。そのためにはもはや怪異などが当たり前に存在する時代は終わるべきなのだ」

それは陰陽特務部の設立理念に通じる言葉だった。帝都に蔓延る怪異を討ち、もしくは封印して、人々の安寧を守ることが陰陽特務部には求められている。彰人個人もこの理念には心から賛同していた。

「だが新たな時代の根幹が今、揺らごうとしている」

中将は紫煙を吐き出した。

厚いカーテンに覆われた薄暗い作戦室に重々しい声が響く。

「伝説の『千鬼《せんき》の頭目《とうもく》』が蘇《よみがえ》った」

彰人は無言で唇を引き締める。『千鬼の頭目』というのは帝都の前身、江戸の町に古くから伝わっていた、恐るべき鬼の名である。

今からおよそ二百年前、千匹の鬼が徒党を組み、この地に攻め入ってきた。当時の侍衆が立ち向かったが歯が立たず、町は焼かれ、多くの人々が住む場所を失った。公の資料からは抹消されたが、その被害は時の幕府が傾きかけるほどだったという。

帝都の人々からすれば、すでに昔話や御伽噺《おとぎばなし》の類だろう。しかし陰陽特務部の彰人からすれば決して無視できない話だ。なにせ攻め入ってきたのは、千匹の鬼だという。怪異のなかでも鬼は殊更に強く、凶暴である。それが千匹も現れたとしたら、今の時代の陰陽特務部でも対処することは不可能だろう。彰人ならば鬼と渡り合うことはできるだろうが、部下たちには荷が勝ちすぎる。物量で押し切られてしまうことは想像に難くない。

そんな千匹の鬼を率いていた、最も強大な鬼が『千鬼の頭目』である。言い伝えによれば『千鬼の頭目』は扇の一振りで無数の家屋をなぎ倒し、手のひらから放った炎は三本の通りを一瞬で焼け野原にしたという。従えていた千匹の手下よりも、たった一匹の頭目の方が強大だったという説もあるほどだ。

現在、残っている文献は陰陽特務部の書庫と帝都大学の研究室、そしていくつかの神社仏閣に保管されている。そのどれもが伝説の鬼の恐ろしさを綴《つづ》っていた。

そんな『千鬼の頭目』が蘇ったという。

にわかには信じ難《がた》い話だ。しかし陰陽特務部の指揮官たる自分がこうして呼ばれた以上、現実を飲み込むしかないだろう。彰人は黙って中将の話に耳を傾ける。

『千鬼の頭目』は帝都から北東の弓浦《ゆみうら》ヶ山《がやま》神社の神木に封じられていた。だが……三日前のことだ。季節外れの嵐によって神木に雷が落ちた」

確かに数日前、北東方向に暗雲が立ち込めているのを見た記憶がある。

帝都の中央付近では小雨《こさめ》が降る程度だったが、山間《やまあい》はそうはいかなかったのだろう。

「神木は焼け落ち、燃え盛る炎のなかから——鬼が蘇った。調査に向かわせた歩兵部からの確かな情報だ」

なるほど、と彰人は胸中で納得する。

当初は山火事などを危惧し、山中の得意な歩兵部を向かわせたのだろう。幸か不幸か、そこで『千鬼の頭目』の復活に遭遇してしまったというわけだ。

「歩兵部の人員がとっさに対処しようとしたが、結果は無残なものだった。死者こそ出ていないが、調査部隊は敗走。小銃の類もまったく通用しなかった、と報告を受けている」

「力のある怪異は妖威《ようい》という特殊な力を用い、術を駆使してきます。霊威を持つ者でなければ、鬼への対処は不可能かと愚考します」

「儂《わし》も同意見だ、少尉。そこで君を呼んだわけだ」

黒峰中将は煙草を灰皿に押し付け、手を叩《たた》いた。すると扉から内務兵が現れ、室内へと入ってくる。その手には上等な拵《こしら》えのサーベルがあった。内務兵はテーブルに恭しくそれを置く。

サーベルの柄の装飾部分には、蒼《あお》い宝玉のようなものが嵌《は》め込まれていた。澄んだ青空のように美しい宝玉だった。

「これは神木のあった弓浦ヶ山神社に奉納されていた神刀《しんとう》だ。技術部に命じ、帝都軍のサーベル様式に拵えを改めておいた。少尉、『千鬼の頭目』についての文献は君も目を通したことがあるだろうな？」

「はい。もちろんです」

「『千鬼の頭目』は一筋縄ではいかん。文献によれば、この神刀こそが鬼を討つ鍵だ」

それは彰人も知っている。

陰陽特務部の書庫に保管されている文献によれば、かつてこの地を守護していた侍衆は鬼たちによって倒れた。だがそこで終わっていれば、現在の帝都も存在しない。

千匹の鬼とその頭目は討伐されたのだ。

それを為《な》したのが目の前の神刀である。

文献によれば、当時の術者がこの神刀を持ち、鬼たちに立ち向かった。術者が神刀を一振りすると、澄み渡る空のような蒼い炎が放たれ、江戸の上空を覆い尽くしたという。古来、蒼い炎は浄炎《じょうえん》と呼ばれ、悪《あ》しきモノを祓《はら》うとされている。

神刀から生まれた浄炎は鬼たちの力を削《そ》ぎ落とし、あの『千鬼の頭目』をも弱らせた。その後、術者たちが総力を挙げて鬼たちを封じたと記録にはある。

目の前のサーベルが伝説の神刀ならば、確かに『千鬼の頭目』すら討ち倒すことができるだろう。だが一つ、大きな問題があった。

「――神刀は命を奪う。二百年前、鬼を一掃した術者も浄炎を放った直後、絶命したそうだ」

黒峰中将はそう言い、テーブルの上に肘を置いて手を組み合わせた。

彰人は中将の目論見《もくろみ》を察し、無意識に口を開く。

「それを……私に？」

「君にしか出来ないことだ」

どこか遠くで鳥の羽ばたきが聞こえた。

第一作戦室は水底のような重圧によって静まり返っている。そのなかで何の動揺も見せずに中将は続けた。有無を言わさぬ、強い視線で。

「神宮寺少尉、伝説の鬼を討ってくれ。帝都の平穏のため、君には贄《にえ》になってほしい」

彰人は瞼《まぶた》を閉じ、静かに息をはいた。カーテンの隙間からのわずかな日差しを感じて目を開ければ、そこには蒼い宝玉の嵌め込まれたサーベル。

これを手にしたが最後、自分の命運は決まってしまう。他者からすれば愚かな選択だろう。だが自分に退路はない。そんなものは――とうの昔に失ってしまった。

「了解しました」

短く言い、迷いなくサーベルを摑《つか》んだ。黒峰中将を始め、帝都軍上層部の面々へ視線を向ける。

「この身命を賭しまして、必ずや『千鬼の頭目』を討ち倒してご覧に入れます」

踵《かかと》を打ち鳴らして姿勢を正し、彰人は流れるように敬礼をした。

第一作戦室を後にし、本部の長い廊下を進む。

すると曲がり角で不破が壁に背中を預けて待っていた。

「神宮寺、話は終わったのか？」

こちらに気づき、不破が背中を壁から離す。彰人は短く答えた。

「ああ、済んだ」

「いや済んだじゃないだろ、済んだじゃ。黒峰中将から直々に命令があったはずだ。伝説の鬼の相手をしろって無茶苦茶な命令が」

「そうだな。『千鬼の頭目』を討伐せよ、と命じられた」

返事をしながら不破の前を素通りする。すると強く肩を掴まれた。

「待てよ。なんでそう澄ました顔をしていられる？　神宮寺、まさかお前……」

言葉の途中で不破は言葉を止めた。その視線は彰人の腰元へ注がれている。普段はやる気の感じられない不破の目が大きく見開かれた。

「蒼の宝玉⁉　それは……神刀のサーベルか⁉」

相違ない。今まで使っていたサーベルはすでに内務兵に返却し、今腰に提げているのは黒峰中将から受け取ったものだ。拵えは既存の軍式サーベルと変わらないが、柄の部分にひどく美しい宝玉が付き、刀身自体も弓浦ヶ山神社に奉納されていた神刀のものとなっている。

このサーベルに命を吹き込むことで浄炎が生み出され、その一刀は『千鬼の頭目』にも届くという。事実、サーベルからは霊的な強い力を感じた。

「お前……まさか『千鬼の頭目』討伐の任務を受けたのか⁉」

「私は軍人だ。任務を与えられれば遂行する」

「馬鹿を言うな！　拒否しろと忠告してやったろうが⁉　今からでも考え直せ。弓浦ヶ山の神刀は持ち手の命を奪う。それを使って『千鬼の頭目』を討伐するってことは……」

怒りさえ含んだ声が響く。

「贄になって死ぬってことなんだぞ!?」

「承知している」

肩の手を振り払い、また歩きだす。一瞬、不破は呆気《あっけ》に取られた顔をした。そして苛立《いらだ》たしそうに頭をかく。

「正気じゃねえよ……。俺だって別に義理立てしてやるほど、お前さんと仲がいいわけじゃない。それでもこれはおかしい。命を捨てろだなんて平然と命じるお偉いさんたちもそうだし、平然と受け止めるお前さんに至っては極めつきだ。なあ、神宮寺」

やりきれない、と言いたげな声が背中越しに問いかけてくる。

「そんなに怪異が憎いのか？」

「…………」

「お前さんの境遇には正直同情する。神宮寺家のことは本当に残念だった。ウチの不破家とは親父《おやじ》や祖父《じい》様の時代に散々やり合ったが、それでも神宮寺家は帝都には必要な家だったと思う。だからこそ、生き残ったお前が――」

「私が」

切って捨てるように言葉を被《かぶ》せた。

後方の不破へ振り向くことなく、淡々と告げる。

「私がやらねば悲劇は繰り返される。敵はあの伝説の『千鬼の頭目』だ。ここで討たねば、帝都にどれだけの被害が及ぶかわからない。違うか？」

「それはそうだが、しかし……おい、待てって！」

背後から不破が追ってくる。しかし足を止めるつもりはない。二百年前、この地は『千鬼の頭目』によって壊滅寸前にまで追い詰められた。それが繰り返されるとしたら放っておくことなど出来るわけがない。

無論、彰人とて人の子だ。死を望んでいるわけではない。

葛藤はあった。

拒みたい気持ちもあった。

それでも命じられれば否とは言わない。

あるいはそれは不破の言う通り、自身の境遇に由来しているのかもしれない。怪異が憎いかと聞かれれば、首を横に振ることはできなかった。その衝動は確かにこの胸のなかに息づいている。命令というほんの一押しがあれば、己が命すら顧みなくなるほどに。

「……………」

正面玄関から外へと出た。本部の建物前には大きな噴水があり、その周囲は軍用車が行き来できるように円形に舗装されている。彰人たちが乗ってきた車も停《と》まっており、運転席にいた部下は車の外で上官の戻りを待っていた。

彰人は訓練された規則正しい足取りでそちらの方へ歩いていく。軍用車の停まっている場所までくると、部下が敬礼した。

「お疲れ様です。どちらへ向かいますか」

「まずは御堂河原だ。これより怪異の捜索を開始する。巡回中の部隊に召集を掛け、すぐに――」

その時だった。

突然、強い風が吹いた。

木々の枝がざわめき、背筋に氷柱《つらら》が触れたような鋭い悪寒が駆け抜ける。

怪異の気配だ。

それもこの場を席巻《せっけん》するほどの強大な気配が突如として現れた。気配の元は頭上、本部の屋根の上。

「……っ」

「え!? え……っ!?」

まずは彰人が無言で頭上を睨《にら》み、つられて見上げた部下が動揺する。そのまま未曾有の圧力を感じ、部下は崩れ落ちるように座り込んでしまった。

そして声が響く。自信と威圧感に満ちた、天上の調べのように美しい声だった。

「いい風だ。桜の香りがする。俺の髪を遊ばせるには相応《ふさわ》しい」

本部の屋根の上、世にも美しい怪異が立っていた。

言葉通りに長い髪を風になびかせ、怪異は艶《あで》やかに笑う。身にまとっているのは上質で派手な着物。衿《えり》元は大きく開かれ、白い鎖骨が覗《のぞ》くほどに着崩している。

風に流れる髪の間からは――角が生えているのが見えた。

鬼だ。

怪異の鬼は地上の彰人を見下ろして言う。

「ここの奴らは帝都軍といったか？　見たところ、帝都軍で最も腕の立つ術者はお前だな。そうだろう？」

彰人は腰のサーベルに手を掛ける。

陰陽特務部の指揮官たる彰人でさえ、感じたことのないような強大な気配だった。このような鬼はそうそういるものではない。第一作戦室で読んだ資料とも外見的特徴が一致する。間違いない。こいつは――『千鬼の頭目』だ。

「私に何の用だ？　自ら斬られにきたというのならば褒めてやる」

彰人がそう言うと、鬼は腰に手を当て、さらに笑みを深めた。

「なるほどなるほど、佇《たたず》まいは悪くない。しかし覚悟の方はどうだろうな？」

すっと手のひらが掲げられた。次の瞬間、白い指先に突如、真っ赤な炎が巻き起こる。

鬼が駆使する怪異の炎、鬼火である。

「俺はこの世で最も美しく、そして最も強大な怪異だ。人間風情が立ち向かうのならば、命を賭した術の一つや二つは必要だろう。人間よ、お前はその身を賭して俺に挑む覚悟はあるか？」

鬼の視線は彰人のサーベルに向けられていた。どうやら神刀に気づいているらしい。二百年前に『千鬼の頭目』を封じるきっかけとなった刀なので、当然と言えば当然だろう。

どうやらこの鬼は神刀の担い手の様子を見に来たようだ。

おそらく命を代償とすることも知っているのだろう。ゆえにこちらに対し、覚悟を問うている。わざわざ言葉にするまでもなかった。腰のサーベルを抜き放つことによって彰人は答えとする。

胸に去来するのは先程、黒峰中将から告げられた言葉。

神宮寺少尉、伝説の鬼を討ってくれ。

帝都の平穏のため、君には贄になってほしい。

望むところだ。こうして『千鬼の頭目』を目の前にし、改めて思った。この帝都に蔓延《はびこ》る怪異を残らず掃討することは、彰人にとっても悲願である。その礎となれるのならば、己が命など惜しくはない。

「ほう？」

鬼がすっと目を細める。

「どうやら腹は決まっているらしいな」

ふいに風が強さを増した。

春先の突風が吹き荒れ、帝都軍の敷地《しきち》の桜が花びらを散らす。

青空の下、花吹雪のように桜が舞うなかで、孤高の軍人と伝説の鬼は対峙《たいじ》した。

「名を聞いておこうか、人間よ」

それはある種の挑発だった。陰陽術には名を使って相手を呪うという術があり、高位の怪異もそうした呪いを使うことがある。だが無論のこと、熟練した術者は呪いを返す方法も心得ている。鬼は正面から名を尋ねることで、こう言っているのだ。

呪い返し程度はできるのだろうな、と。

「いいだろう」

彰人は無表情で口を開く。

「帝都軍・陰陽特務部の神宮寺彰人だ」

「彰人か。よし、覚えたぞ。その度胸に免じて俺の名も教えてやろう」

鬼の口の端がつり上がる。

「嵐花《らんか》だ。嵐の花と書いて、嵐花。どうだ？　この世で最も強く美しい、この俺にぴったりの名だろう？」

これ以上ないほどに胸を張る鬼——嵐花を彰人は見上げる。文献によって伝えられている『千鬼の頭目』というのはいわば通り名だ。本人の言う、嵐花というのが本来の名なのだろう。

嵐花はこちらを見下ろし、大げさに肩を竦《すく》めてみせた。

「まったく、酷《ひど》い話だとは思わないか？　ちょいと油断して封印されたと思ったら、あっという間に二百年だぞ、二百年。辛気臭い神木の下で酒も呑《の》めず、飯も食えず、人間もからかえず、心底無駄な時間を過ごしてしまった」

やれやれ、と嵐花は頭《かぶり》を振った。

「ま、ようやく神木も焼けて自由になったしな。それは良しとしよう。しかしお前たち人間はどうせまた俺を封じようとするのだろう？　だからこっちから挨拶にきてやったというわけだ」

手のひらの鬼火が猛《たけ》りを増した。

「まずはこんなところでどうだ？——踊れ、人間共」

右手が振り下ろされ、真っ赤な鬼火が地へと放たれた。

彰人は座り込んでいた部下の後ろ襟を掴《つか》み、無理やり立たせて突き飛ばす。

「退避命令！　今すぐここから離れろ！」

そうして自身も後方に飛び退《すさ》った。直後、鬼火は舗装路に停まっていた軍用車を直撃した。大砲の一撃のような爆発が巻き起こり、炎と煙が舞い上がる。

日頃の訓練の賜物《たまもの》か、部下は突き飛ばされたところからさらに地面を蹴り、どうにか難を逃れていた。本部の正面玄関では、事態を見ていた不破が愕然《がくぜん》としている。

「無茶苦茶だ……っ。指先一つであんな爆発が起こせるなんて、帝都軍の中隊規模で立ち向かっても返り討ちにされちまうぞ……！」

一方で鬼は「たーまやー！」と楽しげに手を叩《たた》いていた。

「どうだ？　この俺からの大盤振る舞い、鬼火の花火ってとこだ。滅多に見られるもんじゃないぞ？　良かったなあ。今日はお前たちにとって最高の吉日だ」

着物の腰に手を当て、鬼は大声で笑っている。

誰もが為《な》す術のないなか、鬼だけが天に近い場所に立ち、高笑いをしていた。

しかしまだ一人、戦意を喪失していない者がいる。ふざけた鬼め、と胸中で毒づき、彰人は鋭く呪符を放つ。

「ん？」

気配を察したらしく、鬼の笑いが止まった。

次の瞬間、彰人の呪符によって足元の屋根が斬り裂かれた。

「おお!?」

「いつまで見下ろしているつもりだ。地に落ちろ、悪鬼め」

彰人が冷たく言い放ち、嵐花は瓦礫《がれき》と共に落下してくる。長い髪をなびかせ、鬼は呵々《かか》大笑した。

「ははっ、やるじゃないか、彰人！　こいつは一本取られたなあ！」

トンッと苦も無く着地。嵐花は着物の袖を振って砂埃《すなぼこり》を払うと、悠然と歩いてくる。

「鬼火の花火は気に入らなかったか？」

「生憎《あいにく》、子供の遊びに付き合うほど暇ではない」

「そうかそうか、それは失敬した」

鬼が目の前にやってきた。長い髪を優雅にかき上げると、嵐花は息も掛かりそうな距離でこちらの目を見据えてくる。

「意外や意外、よく見れば悪くない顔立ちをしているな。彰人よ、お前は俺の次ぐらいには美しいかもしれんぞ？」

「御託はいい。私に斬られる覚悟は出来ているのだろうな？」

「おうおう、言うじゃないか。お前こそ、構わないのか？　その刀は命を吸うぞ？　二百年前、俺を斬った術者はそのままあっさりとくたばった」

「それを聞いて安心した。文献の記述通り、この神刀が生み出す浄炎はお前の力を削《そ》ぐことができるらしい」

ふむ、と嵐花は眉を上げる。

「確かにな。今でも覚えている。蒼《あお》い炎が憎たらしいほどに輝き、俺や他の鬼を焼き焦がしていったんだ。だがな、その末に術者は死んだ。もう一度、問う」

嵐花の指先が軍服の胸を押す。

「神宮寺彰人。命を賭してまで、お前はその神刀を使うのか？」

彼我の距離はほぼないに等しい。今、指先から鬼火が放たれれば怪我《けが》では済まないだろう。しかし彰人は眉一つ動かすことなく告げる。

「私は軍人だ」

空気が凍りつくような緊張感のなか、彰人は言う。

「この神刀を以《もっ》て、お前を討てと命じられた。ならば私はその命令を遂行するだけだ。そこに些《いささ》かの迷いもない」

「……なるほど」

どこか小馬鹿にするように嵐花は苦笑した。

「軍人とは確かこの時代の侍衆のことだったな。なるほどなるほど、主君の下知《げち》は絶対というわけか。……はあ、実に下らん」

チリッ、と指先で火花が散った。利那、嵐花は指先から鬼火を放ち、彰人はサーベルを鋭く薙《な》ぐ。霊威を込めた刃《やいば》が鬼火を真っ二つに斬り裂いた。

大きな爆発が巻き起こった。地面が激しく揺れ、粉塵《ふんじん》が周囲を覆い尽くす。後方から不破の動揺した声が響く。

「おい、砂埃で何も見えないぞ!?　大丈夫か、神宮寺……!?」

問題ない。だが返事をするわけにはいかなかった。この砂埃に紛れて、嵐花が仕掛けてくる可能性があるためだ。

彰人は油断なくサーベルを構える。しかしいつまで経《た》っても敵がくる様子はない。やがて砂煙が晴れると、嵐花は噴水の突端に立っていた。先程の軍用車の爆発のあおりで噴水も破損しており、水は出ていない。

高い位置からこちらを見下ろし、嵐花は長い髪をなびかせていた。しかしその口元に笑みはなく、どこか興を削がれたような冷めた表情をしている。

「二百年前の術者もそうだったが、人間はどうしてこう易々《やすやす》と命を捨てようとするのだろうなあ……」

独り言のように言い、青い空を見上げる。

「たとえば俺は楽しく生きたい。美味《うま》い酒を呑んで、飯を腹いっぱい食い、人間たちをからかって日々を謳歌《おうか》したい。それは当たり前のことだろう？　だが人間のなかにはそんな当たり前の理屈すら通じん奴がいる。どうやら神刀の担い手というのは毎度、そういう奴がなるらしいな。わかった。もういい。もう十分だ」

そのまま嵐花は無造作に背を向ける。

「さらばだ。もうお前のことなど、どうでもいい」

「なに？」

「愉快な答えが聞けたなら、もう少し遊んでやっても良かったんだがな。ただただ、つまらん。彰人、お前とはここまでだ。俺は今から帝都に繰り出す。久方ぶりの人間たちの街だ。心ゆくまで楽しませてもらおう」

「いかせると思うのか？」

「止められると思うのか？」

直後、無作為に鬼火が放たれた。まだ立ち上がれない部下や不破、本部第一棟などへ炎が向かう。さすがに見過ごすことはできず、彰人は呪符を放ち、その間に嵐花は軽やかに跳躍。帝都軍の建物の上を飛び移り、瞬く間にこの場から去ってしまった――。


本部の正面は無残な有様《ありさま》になっていた。

最後に嵐花が放った鬼火は防いだが、噴水は崩れ落ち、軍用車は燃えて黒煙が上がり、あちこちに爆発の焦げ跡が残っている。嵐花の姿が完全に建物の向こうに消えると、不破が駆け寄ってきた。

「鬼はいっちまったのか？」

「ああ」

頷《うなず》きながら彰人はわずかに眉間にシワを寄せる。

まさか逃走を許すことになろうとは。あの状況では致し方ないとはいえ、忸怩《じくじ》たる思いだ。しかし消沈してはいられない。このままでは帝都に被害が及んでしまう。

サーベルを鞘《さや》に納め、彰人は部下に新しい車を出してくるように指示を飛ばす。周囲の建物から他の兵も次々に出てきていた。火災の対処は彼らがどうとでもするだろう。問題なのは鬼の方だ。彰人はそばの不破へと口を開く。

「もはや問答をしている猶予はない。この惨状を見れば理解できるはずだ」

視線で示した先、炎上した車を中心として、辺りは酷い有様になっている。

「奴が帝都で暴れれば、多くの死人が出る。『千鬼の頭目』の討伐は最優先事項だ」

「……わかった。さすがにもう口は挟めないな」

軍帽のつばで目元を隠し、不破は苦渋の表情で頷いた。

「情報部から各屯所《とんしょ》に捜索要請を出そう。どの部署の兵が『千鬼の頭目』を発見してもすぐに陰陽特務部へ情報が渡るようにしておく」

「ああ、頼む」

「しかし奴は鉄鼠なんかと違って、かなり知恵のまわる様子だったぞ。潜伏されたら簡単には見つからないかもしれん」

「問題ない」

端的に言い、指先をかざしてみせた。霊威のない不破には視認できないかもしれないが、そこには淡い光が瞬《またた》いている。

「今の攻防の際、呪符の切れ端を鬼の着物に忍ばせておいた。これをたどれば居場所は掴める。奴に気づかれぬよう、反応を最小限にしているため、多少の時間は掛かるがな」

「……っ、さすがだな」

呪符の反応と帝都軍の捜索網。この両面で攻めれば、嵐花を追うことは難しくない。

程なくして部下が車庫から車を出してきた。『千鬼の頭目』の出現を上層部へ報告するために不破はこの場に残り、彰人だけが軍用車へ乗り込む。すぐさま車は発進し、黒煙の上がる帝都軍の敷地《しきち》から出ていく。

腰のサーベルに触れ、彰人は運転席の部下には聞こえない小声でつぶやく。

「楽しく生きたい……か」

嵐花の残した言葉を反芻《はんすう》すると、静かな怒りが込み上げてきた。かつてこの地を襲った怪異がどの口でそんな世迷言《よまいごと》を言っているのか。考えれば考えるほど、許し難《がた》い話だ。

……この命に替えて、必ず討つ。

桜が舞うなかを軍用車は進み、彰人は人知れず決意を固めて神刀を握り締めた。

第二章　老いらくの松と願いの夜

帝都軍の敷地にて彰人《あきひと》と邂逅《かいこう》した、翌日。

嵐花《らんか》は意気揚々と帝都の繁華街へ繰り出していた。帝都大橋通《ていとおおはしどお》りから区画を三つほど隔てた、銀杏座《ぎんなんざ》七丁目付近。この辺りも西洋建築の建物が多く、人々が大いに行き交っている。

「ほほう、たった二百年で街並みも随分と変わったもんだ」

物見遊山であちこちを眺めつつ、嵐花はあごをさする。

よく見れば、江戸《えど》の頃よりも建物が随分と頑丈そうだ。木造ではなく、固い石のようなもので組み上げられている。これならば、ちょっとしたボヤで大火になるようなこともないだろう。

民衆の装いも様変わりしていた。着物姿が基本であるものの、色々と西洋の装飾品を身に着けている。思えば、彰人たち帝都軍に至っては完全に西洋風の装いだった。どうやらそれが今の時代の主流らしい。

「諸行無常というやつだな。ま、時とは移ろいゆくもの。これはこれで風情がある」

心地いい風に吹かれながら、大通りを歩いていく。

封印から目覚めて四日。なんとなくあちこち見ていてわかったのだが、どうやら幕府や将軍家は完全に失墜したらしい。今は帝都軍というものがこの地で幅を利かせているようだ。彰人がいたのもこの帝都軍である。

嵐花は着物の袖に手を入れて腕を組み、考えを巡らせる。

「さて、まずは何をしようか」

とりあえずは神刀の担い手を見てやろうと思っていたが、その用は昨日済ませた。今日からはこの帝都で面白おかしく過ごすつもりだ。

「適当なものを燃やして、また花火を上げてみるか」

そこかしこの頑丈そうな建物が鬼火にどれだけ耐えるのか、試してみるのも一興だ。

「はたまたそこらの怪異共を束ねて、徒党を組んでやろうか」

江戸の頃ほどではないが、怪異の気配はあちこちに感じる。奴らを手下にして帝都軍に攻め入るというのも面白い。

「ふーむ」

宙を見上げ、さらに考える。

「いや、まずは酒だな」

せっかく二百年ぶりに蘇《よみがえ》ったのだ。とにもかくにも祝杯を上げるべきだろう。

「そうと決まれば！」

長い髪をなびかせ、地を蹴った。近くのガス灯を踏み締め、さらに跳躍。付近の建物の上を跳んで移動していく。

威脈《いみゃく》といって土地には強い力が流れている。人間は霊威《れいい》を使い、怪異も妖威《ようい》を用いる。同じように土地にも見えない力があるのだ。美味い酒を出す店、つまり繁盛している店はそうした威脈の流れの上にあることが多い。

「あっちか、こっちか、それともあの店か……んー、いやここだな。この店が最も威脈の流れを汲《く》んでいる」

あちこち眺め、やがて嵐花は一軒の店の前に着地した。

突然、空から下りてきた着物姿に通行人たちがぎょっとするが、気にしない。むしろ飄々《ひょうひょう》とした態度で振り向き、「なんだ？　人間共？」と角も隠さず流し目を送る。

途端、誰も彼もが呆《ほう》けたように見惚《みと》れてしまった。

……ふむふむ。時代が変わっても、俺の顔の良さは変わらんようだな。

自分がどれほどの美貌を誇っているか、嵐花は理解している。面白いもので昔から流し目の一つも向けてやると、大抵の人間はこうして魅了されてしまう。男も女も関係なく、老いも若いも関係ない。いつだって人間は嵐花の美貌に目を奪われる。

そうして呆けている民衆を背にし、嵐花は店を見上げた。

看板には『霜月楼《しもつきろう》』と書かれている。付近の店はどこも西洋風だが、この『霜月楼』だけは昔ながらの木造建築だった。江戸情緒があると言えば聞こえはいいものの、屋根も瓦《かわら》葺《ぶ》きで全体的に古臭い。

「まあ、これぐらいの方が趣があっていいだろう」

酒の味は店の外観で変わったりはしない。機嫌よく戸を開いた。

「邪魔するぞ。この店の店主はいるか？」

呼びかけると、奥から番頭らしき和服の男が出てきた。

「はいはい、どちら様でございましょうか？　おや……？」

番頭は民衆と同じように嵐花の美貌に見惚れて息を呑《の》んだ。しかしすぐに角に気づいたらしく、動揺し始める。

「つ、角？　まさか鬼……っ⁉」

「おう、鬼だ。今からこの店で酒宴を催すことにした。俺のような美しい鬼がやってきて嬉《うれ》しいだろう？　思う存分、もてなしていいぞ？」

言うが早いか、上《あ》がり框《かまち》から店のなかへと踏み込んでいく。そこらの怪異と違い、きちんと言葉が通じることは理解したらしく、番頭は腰を抜かしそうな勢いで叫んだ。

「し、しばしお待ちを……っ」

番頭が奥に引っ込むと、入れ違いに老齢の大旦那がやってきた。白髪が目立つものの、身なりは良く、背筋も伸びている。大旦那はやはり青ざめた顔で頭を下げてきた。

「番頭が失礼を致しました。人ならざる御方とお見受け致します。失礼ですが、当料亭にどのような御用向きでございましょうか」

どうやら番頭よりは肝が据わっているらしい。表情こそ優れないが、言葉の芯に乱れはなく、老舗の長としての矜持《きょうじ》を感じた。嵐花は当然のような顔で言う。

「美味《うま》い酒が呑みたい。食事と歌も頼むぞ。今から酒宴を開く。手早く準備にかかれ」

「……当料亭は昔から馴染《なじ》みのお客様方に足を運んで頂いております。大変恐縮ですが、どなたかのご紹介でなければお入り頂けません」

「ふむ」

怪異だからではなく、一見《いちげん》の客ゆえ断るという。なるほど、筋は通っている。なかなかに気骨のある店主のようだ。しかしこちらはもうこの店で呑むと決めている。それを覆すつもりはない。嵐花はこれ見よがしに指先に鬼火を灯《とも》した。

「あまり俺を怒らせせん方がいいぞ？　この程度の店、ほんの束《つか》の間《ま》で消し炭にできる」

「……っ」

大旦那の顔が引きつった。葛藤するように唇を引き締める。しかしどうやら観念したらしい。程なくして恭しく頭を下げてきた。

「……た、大変失礼を致しました。どうか我が『霜月楼』でおくつろぎ下さいませ。微力ながらおもてなしをさせて頂きます。ですのでどうか店を燃やすことだけは……」

「いいだろう。苦しゅうない。最初からそう素直に言えばいいのだ」

大旦那の態度に満足し、大きく頷いてみせた。

そうして通されたのは、この店で最も格式が高いという『霜月の間』。床の間には上等な掛け軸と生け花が飾られ、床には青芝のような畳が敷き詰められていた。

悪くないな、と思いながら嵐花は上座に胡坐《あぐら》をかく。

すると、すぐに芸者たちがやってきて、ぎこちなく舞いを披露し始めた。三味線の音が響き、膳に載った料理も運ばれてくる。備前《びぜん》風の徳利《とっくり》も一緒だ。

大旦那は隣で正座し、耐え忍ぶような表情で説明する。

「東北の蔵元より直接仕入れた品です。お口に合えばいいのですが……」

「ふむ」

芸者が注ごうとしてきたが、嵐花はすでに手酌でお猪口《ちょこ》のなかを満たしていた。

酒は満月のような湖面を描き、瑞々《みずみず》しく澄み渡っている。

「色はいい。香りも悪くない」

「ありがとう存じます。我が店で一番の酒ですので……」

「不味《まず》ければ店を燃やすが構わんな？」

「……っ」

ぽつりとつぶやくように言った途端、大旦那の表情に悲痛さが浮かんだ。芸者たちの舞いも一瞬止まり、三味線の音色だけがたどたどしく続く。

空気が張り詰めていた。そんななか、嵐花は一息で酒を呑み干す。

「……ふむ」

空になったお猪口を無表情で見つめる。そして次の瞬間だった。

「美味い！」

顔いっぱいに笑みを浮かべ、嵐花は大旦那の背中を叩《たた》いた。

「これだ、これ！　透き通るような味わいが五臓六腑《ごぞうろっぷ》に染み渡るぞ。二百年越しの一口目はこうでなくてはな！　店主、これはいい酒だ。褒めてやる！」

「に、二百年とは……」

「気にするな、こっちの話だ。ほら、お前も呑め、呑め。俺の奢《おご》りだ」

「はあ、ありがとう存じます……」

隣の大旦那にお猪口を持たせ、酒を注いでやった。

芸者たちも若干ほっとした様子で、改めて舞い始める。

「店主、名を聞こう。特別に覚えてやる」

「私めは霜月平八《へいはち》と申します。初代から数えて、この『霜月楼』を預かる四代目になります」

「四代目か。なるほど、人間たちにとってはやはり老舗だな。実を言えばな、霜月平八よ。俺にはお前の出す酒が不味いわけがないとわかっていた。この店は良い流れの上にある。風格も大したもんだ。俺を怒らせるような低俗な酒など出てくるはずがない」

「風格でございますか。それは……ご冗談にも程があります」

平八はお猪口を両手で持ち、なんとも辛《つら》そうに肩を落とした。

まるで苦い皮肉を言われたような顔だ。しかしこっちは手放しで褒めてやったつもりである。そばにあったひじ置きで頬杖《ほおづえ》をつき、嵐花は眉をひそめる。

「誰が冗談なんぞ言うものか。もっと嬉しそうな顔をしろ。この俺が手ずから褒めてやっているんだぞ？」

「お言葉ながら……我が『霜月楼』のみすぼらしい外観は、ご覧になったことと思いますが」

「ん？　ああ、確かに古臭くはあったな」

「仰《おっしゃ》る通りです。歴史こそありますが、昨今、隣近所の店はどこもかしこも西洋化の煉《れん》瓦《が》造りに建て替えてございます。それに比べて我が店は……比べるべくもございません」

「……ふむ」

確かに古臭くは感じたが。人間よりもずっと長寿の嵐花からすれば懐かしさを覚えるものだった。一方でまわりの西洋風の店と比べると、『霜月楼』の外観は確かに時代遅れな印象ではある。

「だが酒も料理も美味いぞ？　三味線の腕、芸者の踊りもよく稽古されている。料亭に求められるものは揃《そろ》っているはずだ。十分だろう？」

「お言葉は大変ありがたいのですが……」

どうにも歯切れが悪い。店主がこれではせっかくの酒も不味くなるというものだ。

「よし、わかった」

嵐花は手酌を止め、お猪口と徳利を膳に置く。

「子細を話せ、霜月平八。問題を抱えているのなら、この俺が聞いてやる」

突然の申し出に霜月平八は驚いた顔をした。

「怪異の御方が人間の話を……？」

「そんじょそこらの怪異と一緒にするな。俺は鬼だ。怪異のなかでも最も強く、最も気品に満ち、最も美しい存在だ。お前ら人間より遥《はる》かに上等だぞ。だから話せ。話さんなら店ごと燃やすぞ？」

「そ、それは困ります……っ。かしこまりました。それでは僭越《せんえつ》ながら……」

戸惑いつつも平八は訥々《とつとつ》と語り始めた。

近年、帝都は西洋化が進み、昔ながらの料亭や旅籠《はたご》も時流に乗って次々と店の建て直しを行っている。客もハイカラな西洋風の店を好むため、新たに煉瓦造りの店を構えた者たちは軒並み成功を収めていた。

だが『霜月楼』はその波に乗ることができなかった。幕末の頃に先代が佐幕《さばく》側に肩入れし、金策に協力していたため、建て直しができるような財産が四代目の平八の手元に残らなかったのだ。客足は遠のくばかりで、このままではいずれ店を畳むことになるという。

「なるほど」

大きく頷《うなず》き、嵐花はあごをさすった。一方、平八は申し訳なさそうに頭を下げた。

「どうかお許し下さいませ。いらぬ愚痴をお耳にお入れしてしまいました」

「なんだ？　怪異に身の上話を聞かせて謝るとはおかしな奴だな」

「鬼の御方といえど、一度座敷《ざしき》にお上げすればお客様でございますので」

「ほう、良い心掛けだ。まあ、気にするな。構わん構わん」

そう言い、自身は頭を巡らせる。

……どうも腑《ふ》に落ちんなあ。

この料亭は威脈の流れの上にある。時代時代で多少の浮き沈みはあったとしても、大局的な運勢は盤石のはずだ。ひどい悪行を働いたり、怪異が影響を与えたりすれば、威脈の流れが滞って不幸が訪れることもあるが、そうした気配も感じられない。

「真面目に生きていれば、お前の人生が傾くことなどないはずなんだが……」

考え込みながら立ち上がる。平八が「あの……？」と声を掛け、芸者たちもぎょっとして動きを止めるが、嵐花は気にも留めない。

「どこかに幸運が眠ってでもいるのか？　はてさて……」

平八を救う何かを探して、部屋のなかを歩き回る。嵐花が近くを通ると芸者たちは怯《おび》えた表情で後退《あとじさ》り、平八もただただ困惑している。

嵐花は勢いよく障子を開いた。敷居《しきい》の向こうには縁側があり、さらに先には立派な日本庭園が広がっている。中央には鯉《こい》の泳ぐ池が見え、竹筒の鹿威《ししおど》しが涼しげな音を響かせていた。庭木もよく手入れされていて、要所要所の灯篭に味わいがある。

そうして探し物をしていると、ふいに隣から騒々しい声が聞こえてきた。ずいぶんと盛り上がっているらしく、粗野な笑い声が響いてくる。

「なんの騒ぎだ？」

「ああ、これは……っ」

嵐花が首をかしげると、平八が表情を曇らせて立ち上がった。

「恥ずかしながら店が傾いてからというもの、その筋の方々がお見えになることが増えまして……」

「なるほど、博徒《ばくと》の類か」

立ち行かなくなった店に裏稼業の者が群がってくるのはよくあることだ。『霜月楼』もそうした状況にあるのだろう。いくら一見の客を断るとしても、裏稼業の者が多少ツテをたどればどうとでもなる。

「我が物顔で店に上がり込んでいるというわけか。けしからんな」

義憤に駆られ、眉を寄せる。隣で平八が『それは貴方様《あなたさま》もでございますが……』と言いたげだったが、嵐花は気づかない。

「どれ、軽く叱りつけてやるか」

「は!? いえ、さすがにそれは……っ」

着物の袖に両手を入れ、縁側の外廊下を歩きだす。

博徒共を叱りつけ、その後に改心したならば、一緒に呑《の》んでやってもいい。博徒というのは市井の人間にとっては脅威だが、あれで意外に陽気な呑み方をする。昔のことだが嵐花は博徒の酒宴に交じって、何度か呑み交わした経験があった。ひょっとすると、またそうした愉快な酒宴ができるかもしれない。

平八が止めようとしたが耳を貸さず、嵐花は隣の部屋へと行きついた。

「頼もう！ どうだ？ 楽しくやってるか、博徒共！」

左右に勢いよく障子を開ける。すると、複数の視線が一斉にこちらを向いた。

西洋風とは程遠い、どこか小汚い和服姿。厳《いか》めしい顔にはあちこち傷跡がついている。なかなかの面構えな男たちだった。しかしあまり楽しい酒宴ではなさそうだ。

芸者たちが無理やり肩を抱き寄せられて涙目になっている。さらには中身の残っている徳利がそこかしに転がっていた。

「なんじゃあお前は⁉」

突然やってきた望まぬ客に対し、男のなかの一人が怒鳴り声を上げた。後を追ってきた平八が「も、申し訳ございません……っ」と陳謝する。男はさらに怒鳴りつけようとしたが、嵐花の角に気づいたらしい。

「なんだ、その頭……？　つ、角？」

一方の嵐花は完全に興醒《きょうざ》めした表情で肩を落とした。

「下らん。なんという無粋な呑み方だ。こりゃ期待外れだったなあ……」

ため息混じりで部屋に入っていき、しゃがみ込んで中身のこぼれた徳利を指で摘まむ。

「ほれ、まだ少し残ってるじゃないか。ああ、勿体《もったい》ない……こんなことをしていたら酒が泣くぞ？　まったく、人間ってのはたまに怪異よりひどいことをする」

やれやれ、と首を振って嘆いた。すると博徒たちが剣呑《けんのん》な空気でにじり寄ってくる。

「てめえ……怪異か？　バケモンが人間様に説教かよ。そんな角ぐらいで俺らがたじろぐと思うなよ？」

「お、お止め下さいませ！　いけません！　こちらの方は大変お強い怪異だそうです。事を起こせば皆様方もただでは済みません……っ」

平八が割って入って止めようとした。嵐花だけではなく、博徒たちのことも慮《おもんぱか》った、見上げた態度だった。だが男の一人が手を振り上げ、あろうことか、その頬を強《した》かに叩く。

「うるせえ、爺《じじい》っ！」

「ああ……っ」

痛烈な平手打ちを受け、平八がよたよたと畳に倒れた。芸者たちが悲鳴を上げ、他の博徒たちが腹を抱えて笑い転げる。

すると徳利《とっくり》を名残惜しく振っていた嵐花の手が――止まった。

片眉を上げ、平八を殴った男を見上げる。

「おい」

「ああ？　どうした、鬼の兄さんよ？」

嵐花は徳利を膳に置き、素早く立ち上がって拳を放った。固い鉄拳が男の顔面に炸裂《さくれつ》し、声を上げる暇もなく吹っ飛ぶ。そのまま床の間の壁に激突。掛け軸が外れ、男の頭にはらりと落ちた。

途端、他の男たちが一斉にいきり立った。

「てめえ、何しやがる……っ」

「なあに、酒宴の前の腹ごなしだ」

嵐花はさらりと言い、首を軽く回して音を鳴らす。

「別段、お前らが誰を殴ろうが口出しするつもりはない。俺も気に入らない奴には容赦しない性質《たち》だしな。……しかしだ」

視界の端には倒れたままの平八。

「店を建て直したとしても、お前らみたいな馬鹿が出入りしていてはゆっくり楽しめそうもない。平八にとってはお前らも大事な客なんだろうが、酒や飯を粗末にするような奴は俺の馴染《なじ》みの店には不要だ」

うんうん、と自分の言葉に何度も頷く。

「というわけで決めた。お前たちは叩《たた》き出《だ》す」

「は？」

「聞こえなかったか？」

頬をつり上げて破顔し、拳を握り締めた。

「俺が気に入らないからお前らを叩き出すと言ったんだ！」

「な……っ。てめえ!?」

他の男たちも躍起になって殴り掛かってきた。嵐花は腕まくりをして迎え撃つ。

「よしいいぞ、掛かってこい！　喧嘩《けんか》だ、喧嘩！　これこそ江戸の華、いや帝都の華ってやつだなあ！」

向かってきた男の腕を取って一本背負い。部屋から庭園まで投げ飛ばされ、男は池のなかへと突っ込んだ。盛大な水飛沫《みずしぶき》が上がり、鹿威しがカコンッと鳴る。

「この野郎……っ」

間髪を容《い》れず、次の男が殴り掛かってきたので、ひらりと躱《かわ》して足払いを掛ける。

「あらよっと」

「なっ!?」

体勢を崩したところで後ろ衿《えり》を摑《つか》み、これまた放り投げた。男はきれいな弧を描き、襖《ふすま》を破って隣の部屋へと倒れ込む。

そうして片っ端から蹴散らした。最後の一人もこれまた盛大に投げ飛ばす。男は放物線を描き、畳の上に落下していく。しかし直後に嵐花ははっとした。

男の真下に三味線が落ちている。この部屋にいた芸者たちはいつの間にか逃げ出していたが、三味線まで持っていく余裕はなかったのだろう。男と畳に挟まれて、三味線の棹《さお》がべきりと折れる音がした。

「しまった……っ」

「くそっ、俺としたことが!」

替えが利く安物ならいいが、長年使いこまれた愛用品だったら取り返しがつかない。倒れた男を足裏で転がしてどかせ、三味線の様子を見てみる。やはり棹が真っ二つになっていた。

「駄目だ、こりゃ直らん……」

肩を落とし、頭を抱えた。すると、背後に人の気配を感じた。

振り向くと、博徒があと一人残っていた。

「なんだ、まだいたか」

「やっ、その……っ」

一応、腕まくりはしているものの、男は完全に戦意を喪失していた。仲間が立て続けにやられ、さすがに勝てないと察したのだろう。嵐花は恨みがましい目で睨《にら》む。

「どうしてくれる？　お前たちのせいで芸者の三味線が壊れてしまったぞ？　もしも持ち主が腕のいい弾き手だったら、俺は名演奏で気持ちよく酔う機会を失ったかもしれん。これはお前たちの責任だ」

「いや三味線はあんたが投げ飛ばしたせいなんじゃ……っ」

「うるさい」

腹いせに思いっきり殴り飛ばそうと思った……が、また同じ失敗をしては敵《かな》わない。拳を急停止し、男が「ひぃ!?」と仰《の》け反《ぞ》ったところへ、指先であごを弾いた。

脳を揺さぶられ、男はくらりとよろけると、静かに崩れ落ちる。

「よし、今度は何も壊さずに済んだな」

腰に手を当て、嵐花は満足げに頷いた。続いて「さてと……」と辺りを見回す。見れば、最初に倒れた男が床の間で目を覚ましかけていた。ちょうどいい、と思ってそちらへ赴き、掛け軸を被《かぶ》ったままの頭をぺんぺんと叩く。

「おい、喧嘩は俺の勝ちだ。この店は今日から俺が贔屓《ひいき》にする。お前らは二度と近づくなよ？　いいな？」

「……へい、承知しましたあ」

蚊の鳴くような声で返事をし、男は再び気を失った。呑み方はなっていないが、負ければきちんと従う辺り、根は素直な奴らのようだ。

「あれだけの人数をたったお一人で……」

声に振り向くと、倒れたままの平八が呆然《ぼうぜん》としていた。

「怪異とはいえ、なんてお強い……。もう何十年と帝都で商売をしておりますが、貴方様のような方にお会いするのは初めてです……」

「それはそうだろう。たかが二百年で俺ほどの傑物が世に現れるわけがないからな」

得意になって胸を張る。もっと称《たた》えていいぞ、と言おうと思ったが、直後に「あー、違う違う。そうではない」と首を振った。褒められて天狗《てんぐ》になっている場合ではないのだ。

平八のそばにいき、膝をついて視線を合わせる。どうにもバツの悪い気分だ。

「あー……すまんな、平八」

「は？……な、何がでございますか？」

「芸者の三味線が壊れてしまった」

嵐花は気まずく視線を逸《そ》らし、早口でまくし立てる。

「俺のせいではないんだが、守り切れなかった責任がないわけではない……と思わんこともない。俺ではなく、あいつらが悪いことは明白なんだが、そのなんだ……大丈夫だろうか？　替えは利くか？　なんなら持ち主の芸者がまた気持ちよく弾けるように、お前の方で便宜を図ってやってはくれないか？」

「い、いえいえ……ご安心下さい」

やや面食らった表情ながら、平八はこちらを落ち着かせようとするように言った。

「折れた物は大した三味線ではございません。店主としてこんなことを言うのは憚《はばか》られますが、こちらのお客様方はあまり演奏に興味はございませんので、芸者たちもそうしたお座敷《ざしき》には上等な三味線を持ち込みません。お気になさるようなことはございませんよ」

「そうかあ。ああ、そうか。いやそれは良かった……っ」

ほっとして思わず頬が緩んだ。博徒たちが礼儀知らずだったことが幸いした。

嵐花は胸を撫《な》で下《お》ろし、平八に「ほれ」と手を差し伸べて助け起こす。よく見ると、頬が多少腫れていた。

「痛むか？」

「いえ、ご心配には及びません」

「無理はするな。店に薬はあるのか？」

なんなら治癒の術で治してやってもいい。人間の術者が霊威の術を使うように、怪異も妖威の術を使う。老人の頬を治す程度、訳はない。

「一応、貼り薬程度はございますが……」

「ならば俺が治してやった方が早い。術を使えば跡も残らん」

そう言い、手をかざした。鬼火のように燃え盛ることはなく、ほのかな熱と光が集う。痛まぬようにそっと頬に触れてやる。すると、見る見る傷が癒え、腫れが引いていく。

「これは……」

「俺の妖術だ。じっとしていろ。すぐに治してやる。隣の部屋に戻っても、一緒に呑《の》む相手が万全でなくてはせっかくの酒が楽しめんからな」

温かい手のひらに治療され、老年の大旦那は眩《まぶ》しそうに目を細めた。

「不思議な御方ですね、貴方様《あなたさま》は……」

「うん？」

「……嵐のように猛々《たけだけ》しく、かと思えばまるで春の陽だまりのように温かい。なんとも不思議な御方です」

「はは、詩人だな、平八」

人間から怯《おび》えられることも、称えられることも慣れている。しかし、どちらであっても悪い気はしない。嵐花は頬を緩ませて得意げに笑う。

やがて平八の傷が癒えた。さて戻って呑み直すか、と部屋から出ようとしたところで、嵐花はふと気づく。

「……ん？」

視線は縁側の向こうの日本庭園へ。隣の『霜月の間』にいた時は気づかなかったが、池の奥に松の木が一本立っていた。そこからかすかな気配を感じる。

「なるほど、あれだな」

探し物が見つかった。我が意を得たり、と口元が緩む。やはり幸運は眠っていた。当然のことだ。この店は威脈の流れの上にある。美味《うま》い酒を出す店が潰れることなどあっていはずがない。

「喜べ、平八」

嵐花は意気揚々と部屋を横切り、備え付けの草履《ぞうり》を履いて縁側から庭に出る。

「この店は俺が救ってやる」

「は……？」

呆気《あっけ》に取られた様子で平八も縁側に出てくる。その間に嵐花は池の横を通り、松の木の前にたどり着いていた。なかなかに立派な幹をしている。百年とは言わずとも、それに近い年月、この店を見守ってきたのだろう。

「平八、お前の先代は幕府の味方をして割を食ったんだったな？」

「……はい。佐幕派の方々に金子《きんす》を都合しておりましたが……それが何か？」

松の木を見上げたまま、嵐花は問う。

「俺にはここ最近の歴史はよくわからんが、そんな先代をお前はどう思っている？」

「どう、と申されましても……」

口ごもるように言《い》い淀《よど》み、数秒の間を置いて、平八はか細く答えた。

「……私共は商売人でございます。政《まつりごと》はお上の皆様の為《な》さること。先代がおかしな夢をみなければ今頃、この店が窮地に立たされることもなかったかと……」

「恨めしく思っているということか？」

「…………」

平八は答えない。老年になるまで店を守ってきた身だ。今さら泣き言や恨み言を口にするのを良しとしないのだろう。実に天晴《あっぱれ》だと思いながら、嵐花は肩越しに振り向く。

「しかし平八、お前の人生はそう悪いものでもないようだぞ？」

「それはどういった意味で……」

目を瞬《しばた》く平八の顔を見つつ、嵐花は唇の端をつり上げて手をかざした。手のひらに妖威を込め、鬼火を出す。しかし燃やしたり、爆発させたりするためのものではない。

「目を見開いていろ。今、お前にも見えるようにしてやる」

鬼火を松の木へとかざそうとする。

だが、その時だ。どこからともなく足音が聞こえてきた。集中すると、その足音が庭園の逆側、店の内廊下から聞こえてくることがわかった。

直後、部屋奥の襖が勢いよく開かれた。

「見つけたぞ。老舗の料亭に潜むとは、人間の真似事《まねごと》でもするつもりだったのか？」

現れたのは神刀のサーベルを腰から提げた、美貌の軍人。

神宮寺《じんぐうじ》彰人だった。

縁側からの日差しに照らされ、その瞳は氷のように冷たく輝いている。歌舞伎の花形役者でもこれほど顔立ちの整った者はいないだろう。現に平八はあまりの美しさに息を呑んでいる。一方、嵐花は「ほう？」と眉を上げた。

「まさか俺を追ってきたのか？　まったく、ご苦労なことだな。一体、何の用だ？」

「決まっている」

彰人の瞳に映るのは、嵐花に打ち倒された博徒たちの姿。部屋のなかに足を踏み入れ、サーベルがゆっくりと抜かれていく。

「帝都に仇《あだ》なす怪異を討つ。それが私の任務だ」

「言っとくが、そいつらは悪漢の類だぞ？　酒を無駄にしたり、芸者の三味線を壊したりするぐらいだからな」

「人間の善悪は治安部の判断することだ。私の与《あずか》り知るところではない。それに如何《いか》なる悪漢とて、怪異ほど悪辣ではないだろう」

尋常ならざる圧迫感で彰人は近づいてくる。

難儀な奴め……と嵐花は呆《あき》れた。どうしてもと言うのならまあ相手をしてやってもいいが、ここでは店や平八が邪魔になる。さてどうしたものかと考え、ふと思いついた。

自分の手のなかの鬼火、そして背後の松の木を順番に見つめる。

「そうだな、俺がやるよりも人間の彰人の方が平八のためになるかもしれん」

よし、とひとりで頷《うなず》く。

「気が変わった」

鬼火を池に放り込んだ。一瞬で水が蒸発し、辺りに白い霧が立ち込める。その間に嵐花は颯爽《さっそう》と身を翻した。

「彰人、お前の腕を見てやろう。俺の狙いに気づけたなら、また相手をしてやる。せいぜい頑張ってみろ」

「なんだと？……待て、また逃亡する気か⁉」

霧の向こうから彰人の声がする。しかし一切構わず、嵐花は跳躍。松の木の枝を蹴り、店の塀を蹴ってその場から立ち去った。

◇◇◇

夜が訪れ、『霜月楼』のあちこちに明かりが灯《とも》された。

客を入れる部屋には国産の石油ランプが置かれているが、廊下などにはまだ昔ながらの油を用いた行燈《あんどん》がある。また日本庭園では灯篭の固い石の間から火袋の温かい明かりがこぼれ、草木や池を柔らかく照らしていた。

だが彰人はそれらの景色を気にも留めない。嵐花が最初に足を踏み入れたという『霜月の間』、その後に博徒たちと大立ち回りをした『神無月《かんなづき》の間』を行き来し、思考を巡らせている。

「どうにも……不自然極まる」

今日、彰人は部下たちを引き連れ、『千鬼《せんき》の頭目《とうもく》』の捜索をしていた。嵐花の着物には呪符の切れ端を忍ばせてあり、彰人の意志で居所が摑《つか》めるようになっている。ただし嵐花に気づかれないよう、呪符の反応は非常に微弱なものにしてある。そのか細い糸のような反応を慎重にたどり、彰人と陰陽《おんみょう》特務部《とくむぶ》の部下たちは『霜月楼』へとたどり着いていた。

そしてなかの様子を探ろうとしていたところ、ちょうど店の番頭が血相を変えて飛び出してきた。話を聞くと、鬼が店にやってきて『酒宴を開け』と要求しているらしい。

番頭は帝都軍の屯所《とんしょ》にいって助けを求めようとしていたようだ。折よくここには怪異に対処する陰陽特務部の軍人たちが揃《そろ》っている。彰人は部下たちを店の周囲に配置して嵐花の逃げ場を封じ、単身で『霜月楼』に突入した。

そうして最初に目に飛び込んできたのは、倒れた男たちの姿である。嵐花の仕業だというのは一目瞭然だった。まさしく、人に仇なす怪異らしい所業だ。

当然ながらここで仕留めるつもりだった。しかし嵐花は早々に池を蒸発させて逃亡し、部下たちの包囲も難なく切り抜けられてしまった。正直、慚愧《ざんき》に堪えない。現在は部隊を二つに分け、副官たちに嵐花の後を追わせている。本来ならば彰人も追走部隊に入った方が良いのだが、この『霜月楼』で気になることがあった。

「あの時、奴はここで何をしようとしていた……？」

彰人は『神無月の間』で立ち止まり、眉を寄せる。

すると部下の一人が庭園の方からやってきた。

「神宮寺少尉殿っ」

鉄鼠《てっそ》の捕獲の際にもいた、若い部下だ。

「やはり松の木に怪異が細工したような形跡はありません。店のなかもくまなく調べましたが、おかしな様子はありませんでした」

「そうか。ご苦労」

頷き、彰人は庭園の松の木を睨《にら》む。逃げる直前、嵐花は鬼火を出してあの木に何かをしようとしていた。その企《たくら》みが気になっていた。見たところ、何の変哲もないただの松だ。しかし嵐花が関わっている以上、何かあると考えるべきだろう。

「店主」

彰人は振り返り、『神無月の間』の奥へ視線を向ける。

そこにはこの『霜月楼』の大旦那、霜月平八がいる。老齢の店主はどこか浮かない表情で立ち尽くしていた。冷静に彰人は問う。

「昼間の状況をもう一度聞きたい。あの鬼はこの店に何を要求した？」

「は、はい……」

怪異を討つためには人間の犠牲も厭《いと》わない、そんな彰人の評判はここにも届いているようだ。彰人に接する大旦那の態度はどうにもぎこちない。

「あの鬼の御方は……酒宴を開きたいと仰《おっしゃ》り、お酒と舞いと料理を私共にお求めになりました」

「その後に喧嘩《けんか》騒ぎを起こしたということだったな？」

ここで倒れていた博徒たちはすでに帝都軍の治安部に引き渡した。調べたところ、他の店でも居座りや恐喝を繰り返していたようで、しばらくは獄中生活となるだろう。

彰人の問いに対し、平八は頷く。

「……はい。鬼の御方はこちらの部屋にいた博徒の方々と大立ち回りをなさいまして、そして……」

老人は昼間のことを思い返すように自分の頬に触れた。

「その際に負った私の傷を……不思議な力で治して下さいました」

「なに？」

「……も、申し訳ございません。しかしこれが偽らざる事実でございますので……」

彰人の視線に身を縮こまらせ、平八は平身低頭する。怪異の世話になったことを咎《とが》められると危惧しているようだ。ともすれば斬られるかもしれない、とでも思っているのかもしれない。

しかし彰人が気に掛かっているのはそこではない。突入した際、確かに妖威の気配はしていた。嵐花がここで術を使ったのは間違いない。しかしそれがまさか店主を癒《いや》すためのものだとは……どうにも飲み込めなかった。

喧嘩で博徒に鬼火を放った、とでも言われた方がまだ理解できるぐらいだ。

納得できないものを感じつつ、彰人はさらに問う。

「確認する。あの鬼は酒宴を開け、と要求したのだな？」

「……左様でございます」

「逆らえば店を燃やす、と脅しもしたということだったな？」

「確かに……そうしたことも仰りました」

「その鬼がなぜ店主の頬を治す？」

「私も軍人様と似たような思いを抱きました。大層、不思議な御方だと……」

頬に触れたまま、平八は苦笑を浮かべる。それが決して悪い意味の苦笑ではないことは雰囲気から伝わってきた。

「先程も申し上げましたが、私の頬を叩《たた》いたのは博徒の方々です。おそらく、鬼の御方は義憤によって喧嘩をなされたのだと思います。頬を治して頂いた時、そう感じました。ああ、この方は私のため、こんな老いぼれのために立ち上がって下さったのだ……と」

「怪異が義憤だと？」

つい口調に棘《とげ》が混じった。ますます飲み込めない。怪異は人間に仇なす存在だ。ゆえに陰陽特務部があり、ゆえに彰人は命を懸けて神刀のサーベルを携えている。それにあの鬼は帝都軍の敷地《しきち》で軍用車を燃やした。義憤で人間に肩入れするなど考えられない。

しかし平八には術で操られているような気配もない。この老人は本心から言っている。ため息をつきたい気分で、彰人はまた松の木へ視線を向ける。

「あの松に何か曰《いわ》くのようなものは？」

「曰くと申しますと？」

平八の疑問に縁側の先の部下が気を利かせて答えた。

『人が首を吊《つ》った』とか『処刑場から苗木を持ってきた』とか曰く付きの木は帝都に様々あります。そうした木には人々の恐怖が集まりやすく、怪異も寄ってきやすいです」

「と、とんでもないことでございます！　当料亭にはそのような縁起の悪いものは一切ございません。あの松の木も至って普通のただの松です。強いて申し上げれば、先代が気に入ってよく手入れをしていた程度でして……」

先代、という言葉を平八が口にした途端、彰人は目を細めた。

松の木の周辺におぼろげな揺らぎのようなものを感じたからだ。

「少尉殿？」

彰人の様子に気づき、部下が呼びかけてくる。だが彰人は松から目を逸《そ》らさず、平八に尋ねた。

「先代というのはこの『霜月楼』の先代店主のことか？」

「左様でございます。あまり商売上手とは言えぬ店主ではありましたが……」

「というと？」

「身内の恥の話となりますが……」

今から数十年前、幕末の時代には佐幕派と尊王派に分かれてこの国の覇権が争われた。

勝利したのは尊王派で、その中心だった藩士たちの家系が現在の帝都の重鎮となっている。

平八の話によると、『霜月楼』の先代は敗者となった佐幕派に肩入れしていたようだ。

当時の商人たちは自身の信条によって、佐幕派や尊王派に活動のための資金を援助していた。『霜月楼』の先代もそうして佐幕派の御用聞きをしていたという。結果、店の資金のほとんどを使いきってしまい、その影響は現在の平八の代にまで及んでいる。おかげで付近の店が西洋風に建て直しをするなか、この『霜月楼』は取り残されているらしい。

客へのもてなしには自信がある。しかしいまだに石油ランプも揃えられず、明かりに行燈が交じっているような店では客足は遠のく一方だ。『霜月楼』はかなりの窮状に陥っているらしい。先代の失態が現在の店をも蝕《むしば》んでいた。

「我が父……先代の霜月喜兵衛《きへえ》は商人でありながら政に関われることが嬉《うれ》しくてしょうがなかったのでしょう。よく藩士の方々に交じって熱弁を振るっておりました。その熱に浮かされて貯《たくわ》えもすべて使い尽くしてしまい、四代続いた『霜月楼』も今では博徒の方々が出入りなさるような店になってしまいました……」

平八は肩を落とす。

「そんな先代が気に入っていた松の木ですので、どちらかと言えば私も敬遠しておりました。曰くといえば、そんなところでして……ああ、しかしそういえば」

言葉の途中で平八は何かに気づいたように顔を上げた。

「鬼の御方も松の木を見ながら、私に先代のことをお聞きになりました」

「『千鬼の頭目』がですか？　どうして鬼がこのお店の先代のことなんて聞きたがったん

でしょう?」

部下が不思議そうに首をかしげた。一方、彰人は松を見たまま平八に尋ねる。

「他には?」

「はい?」

「あの鬼は他に何か言っていなかったか?」

「ああ、そうでございますね……」

多少口ごもった後、平八は言った。

「どのようなお考えだったのかはわかりませんが、鬼の御方は……この店を救ってやる、とそう仰って下さいました」

「――っ」

彰人は無言で自分の口元を押さえた。

……馬鹿な。ありえん。

一つの仮説が頭のなかに浮かんでいた。しかしどうにも信じられない話だ。そんなことを思いついた自分の正気を疑うほどである。しかし気づいてしまった以上、確かめないわけにはいかない。彰人は部下に命じる。

「店のなかにいる兵を召集しろ」

玄関口から軍靴を持ってきて、彰人は庭園へと下りていく。

「店主、この松の木の下を掘る。構わないな？」

「は？　な、なぜそのようなことを……？」

平八が戸惑っている間に部下たちが集まってきた。数人を屯所に戻して工兵用のシャベルを持って来させ、松の木の下を掘っていく。

そして人の下半身が収まる程度の深さまで掘り進めたところで、部下のシャベルの先端が何かに当たった。やはりか、と彰人は目を細め、今度は手で掘るように命じる。

「これは……」

やがて全容が見えてくると、平八が驚いたように声をもらした。

松の下を掘ったところから一抱えはある大きな壺《つぼ》が出てきたからだ。

木製の押蓋と荒縄で固く封をされている。壺を庭園の平らな地面に移すと表面には『丸に三つ霜』の家紋が描かれていた。平八に確認すると、この『霜月楼』の家紋だという。

部下が小刀で荒縄を切り、押蓋を開く。

するとなかには――大量の天保《てんぽう》小判が敷き詰められていた。

灯篭の明かりに照らされて、無数の小判が輝く。ところどころに欠けがあったり、表面が割れたりしている粗悪品ばかりだが、それでも一財産にはなるだろう。

「このようなものが店の庭に……っ!?　一体なぜ……っ」

平八はただ愕然《がくぜん》としている。無理からぬことだろう。怪異の鬼が『店を救ってやる』と言い、松の木に何かをしようとしていた。それを知った帝都軍人が根元を掘らせたところ、家紋の入った壺が出てきて、なかには大量の小判があった。

ただの商人である平八が驚くのも当然のことである。

「軍人様はここにこんなものがあることをご存じだったのですか……？」

「いや」

短く否定の言葉を言い、彰人は口を閉ざした。

その視線は松の木の隣へ向けられている。先程見た時と同様、そこにはおぼろげな揺らぎがあった。具体的には淡い光のようなものが人影の形に揺らめいている。

若い部下が彰人の視線に気づき、同じように松の隣を見て、「あ……」とつぶやいた。

「少尉殿、小さな光のようなものが見えます。あれは……」

陰陽特務部の部下たちは霊威の才覚を持っている。彰人のようにはっきり人影と捉えることはできなくとも、光の欠片《かけら》程度のものは見えたのだろう。

どうしたものか、と彰人は考えを巡らせる。

彰人と部下が見ている、松の木の隣に存在するもの。その正体は――幽霊だ。

ただし死者が化けて出たもの、といった類のものではない。

陰陽特務部にはよく帝都の民から『幽霊を見た』という知らせが入る。しかし幽霊というものは現実には存在しない。死は死であり、生き物は死ねば無に還《かえ》る。死んだ後も人間がこの地に留まるようなことは決してない。

ただ時折、生前の想《おも》いの欠片のようなものが残ることがある。普通の人間にはほとんど感じ取ることができないが、何かのきっかけで波長が合い、ただの残滓《ざんし》を『人ならざる何か』だと誤解することがあり、これが幽霊の正体だ。

人間に仇《あだ》なす怪異とは違うため、厳密には陰陽特務部の管轄外になる。怪異憎しの彰人にとっても、幽霊は心の置きどころに困るものだった。

「…………」

人影はずっと松の根元を気にしている様子だった。そこで部下たちに掘らせてみたところ、出てきたのがこの『丸に三つ霜』の壺である。となれば、この幽霊の正体は……。

「……やはり不自然極まる」

彰人は独り言をつぶやく。幽霊が何者かは想像がつく。嵐花もこの幽霊に気づいていたのだろう。だが鬼火を出してこの幽霊に何をしようとしていたのかがわからない。

……とにかく今のうちに浄化してしまうか。

幽霊は管轄外なので、普段は寺から僧侶を呼んで経を唱えてもらうことにしている。それで大概の幽霊は消えるのだが、霊威をぶつけて強制的に浄化する方法もある。やるなら早い方がいいだろう。嵐花がこの幽霊を使って何か企《たくら》んでいるのなら尚更《なおさら》だ。

彰人は幽霊へ向けて、手のひらを掲げる。するとおぼろげな人影がゆっくりとこちらへ向かってきた。まるで歩み寄ろうとしているように見える。

ひょっとすると、何か伝えたいことがあるのかもしれない。

だが死者は語る口を持たない。伝えたいことがあったとしても、生者がそれを耳にすることはない。自然の摂理とはそういうものだ。憐れだとは思うが、消えてもらう。

そうして彰人が霊威を放とうとした、その時だった。

突然、声が響いた。自信と威圧感に満ちた、天上の調べのように美しい声だ。

「よしよし、きちんと幽霊を見つけたな。褒めてやろう。意外にやるな、彰人」

「――っ」

振り向くと、店の塀の上に嵐花が座り込んでいた。部下たちも気づき、一気に色めき立つ。しかし嵐花は一切気に留めず、優雅に酒を呑《の》んでいた。『霜月楼』の調理場辺りから持ってきたのか、大きな朱塗りの盃《さかずき》を手にしている。

「悪鬼め、なんのために現れた？」

彰人が問うと、嵐花は盃の酒を一息で呷《あお》り、答える。

「おいおい、何を眉をつり上げている？　お前は俺を追ってるんだろう？　喜べ喜べ、俺が会いにきてやったのだから」

「……戯言《たわごと》を」

彰人は顔をしかめてサーベルに手を掛けた。すると嵐花は盃を放り投げて立ち上がる。

「さて、始めるか。やはり怪異の俺が呼びかけるより、人間のお前に見つけさせて正解だった。おかげで残滓がより活発になっている」

長い髪が宙を舞った。嵐花は塀から跳躍し、松から少し離れた池のそばへと着地する。

彰人と部下たちがいる真っただ中だ。しかし些《いささ》かも気負う様子はなく、手のひらには赤い鬼火が瞬《またた》いていた。夜の日本庭園は騒然とし、若い部下が動揺する。

「お、鬼火⁉　奴はこんな場所でまた暴れるつもりでしょうか……⁉」

「馬鹿を言え。俺がやろうとしているのはもっと愉快なことだ。今から――」

悪戯《いたずら》めいた笑みを浮かべ、嵐花は言う。

「――死者を呼び出す」

「させるものか！」

彰人はサーベルを抜き、素早く斬り掛かった。だが予期していたかのように嵐花はひらりと躱《かわ》す。そして手をかざすと、鬼火の炎が松の木を照らした。妖威を込めた言葉が紡がれる。

「出てこい。そして無念を晴らせ。――霜月喜兵衛よ！」

途端、鬼火の光に照らされて淡い人影が明確な形を持ち始めた。

浮かび上がるように現れたのは、平八とよく似た老人。

江戸商人らしく髷《まげ》を結い、『丸に三つ霜』の家紋が入った羽織《はおり》を身に着けている。

突如現れたその姿を見て、平八の目が大きく見開かれた。

「先代……⁉　なぜ、なぜ先代が……っ！」

「こいつは幽霊だ」

「幽霊ですと……⁉」

「ずっとここにいたようだぞ？　この松の木の下で、お前の働きを見ていたようだな」

「そんな、ああ、そんな……っ」

信じられない、と言うように平八は首を振る。気を抜けば崩れ落ちてしまいそうな雰囲気だった。それを見て、嵐花は得意げな顔をしている。

一方、彰人はひそかに唇を噛《か》んだ。

嵐花は今、幽霊を実体化し、平八にも見えるようにしたのだ。ここにいた幽霊の正体は『霜月楼』の先代、霜月喜兵衛である。

強い霊威を持つ者は幽霊を構成している想いの残滓がどんなものか、読み取ることができる。強い妖威を持つ者も同様なので、嵐花は松の下に霜月喜兵衛の残滓があることに気づいていたのだろう。

だがそれを実体化することは容易ではない。何よりも幽霊そのものに強い念がなければ形にはならないからだ。よって嵐花は一度引き、彰人が幽霊の存在に気づくことに賭けたに違いない。人間である彰人が気づけば、幽霊は想いを伝えようとして動きだす。そうすることで嵐花が無理やりに形を与えるよりも、ずっと鮮明に形を持つようになる。

その目論見《もくろみ》は成功したと言っていいだろう。

先代だと断言できるほど、平八にはっきりと見えているのだから。

しかしそれは許されざることだ。彰人は嵐花を鋭く睨《にら》む。

「自分が何をやっているかわかっているのか？　いくら想いの残滓といえど、死者が生者に邂逅《かいこう》することなどあってはならない。それは摂理に反した行いだ」

死ねば皆、土に還る。死後に生者へ影響を及ぼすことはない。

それがこの世のあるべき姿だ。

しかし嵐花はあっけらかんとした表情で首をかしげた。

「摂理？　そんなもの気にする必要がどこにある？」

長い髪を揺らし、鬼は穏やかに微笑《ほほえ》んだ。

「親が子を想って言葉を残したいと言うんだ。声を届けてやるのが人情だろう？」

鬼が人情を語るなど片腹痛い。しかしもう手出しするわけにはいかなかった。すでに霜月喜兵衛の想いの残滓は実体化してしまっている。今、下手に手を出して術が中断すると、喜兵衛が悪霊に変わってしまう可能性がある。悪霊は人に仇なすものとして怪異に数えられるので、陰陽特務部としては怪異を増やすような行動は取れない。

彰人は手振りで部下たちに『動くな』と命じた。

それに気を良くし、嵐花は意気揚々と平八に言う。

「こいつはまぎれもなくこの店の先代、お前の父、霜月喜兵衛だ」

鬼火に照らされて、喜兵衛がゆっくりと顔を上げていく。

「俺の見たところ、喜兵衛には何か思い残したことがあるらしいぞ」

「思い残したこと、でございますか……？」

「聞いてやれ、平八。それがお前の為《ため》にもなる」

嵐花が促すように言うと、喜兵衛がゆっくりと口を開き始めた。そして生前の想いの残滓が語られていく。

「儂《わし》は……失敗した」

思いもよらぬ言葉だったのだろう。

その一言を聞き、平八は虚を衝かれたように「失敗……？」とつぶやく。

喜兵衛の目は焦点が合っていない。幽霊とはあくまで想いの残滓。生者と明確に言葉を交わすことはできず、ただ想いを吐き出すだけだ。

「……徳川《とくがわ》様の世は不変だと思っていた。佐幕派にお力添えすれば、後の世で必ずや子孫たちに見返りを頂けるものと。だから儂は店のすべてを費やして援助を……」

「な……っ!?」

平八の喉から驚きの声が漏れる。

「先代が佐幕派の方々に与《くみ》したのは政に溺れたからではないのですか……っ」

喜兵衛から答えは返ってこない。ただ、悔しそうに想いをこぼす。

「……口惜しや、口惜しや。まさか徳川様の世が終わるとは……。このままでは儂の失態によって子孫たちの道を閉ざしてしまう。それでもどうか……」

松の木の下、喜兵衛は天を振り仰ぐ。

「どうか一縷《いちる》の望みは残りますよう……」

ゆっくりと膝を折り、喜兵衛は大穴の前に座り込む。

「儂はここに金子《きんす》を残す。松の木よ、いずれ子孫たちの手に渡るよう、どうか見守ってやっておくれ……」

その瞬間、平八は唇を震わせた。

「で、ではこの小判は先代が私たちのために……!?」

「そういうことだな」

まるで我が事のように嵐花が頷《うなず》く。同時に若い部下が戸惑ったような顔で尋ねてきた。

「少尉殿、どういうことなのでしょうか？　自分には事の次第がさっぱり……」

「あの小判は『霜月楼』の先代が残した隠し財産だった、ということだ。おそらくは佐幕派に献上しづらい粗悪品の小判を貯《た》めていたのだろう」

幕末の頃に商人たちが佐幕派や尊王派に援助をしたのは、後の世の見返りを求めてのことが多かった。平八は先代が政の真似事《まねごと》に現《うつつ》を抜かしたものと思っていたようだが、実際は新時代への伝手《つて》を残そうとしてのことだったのだろう。

だが結果的にその読みは外れてしまった。霜月喜兵衛が与した佐幕派は敗れ、新政府が樹立した。その後、帝都では旧佐幕派だった商人たちの財産を没収するという噂《うわさ》が流れた。実際に没収された事例は過激派に与していたごく一部だが、喜兵衛は『霜月楼』も同じ憂き目に遭うことを恐れ、金子を隠し財産として埋めたのだろう。

祈るように首《こうべ》を垂れている喜兵衛に対し、嵐花が髪をなびかせて口を開く。

「その無念、この俺が確かに聞き留めた。任せておけ。必ずやお前の子孫に伝えてやる」

驚いたことに怪異である嵐花の声は幽霊にも届くらしい。

古き時代の老人は安心したように目を細めた。そして最後に子孫への言葉を紡ぐ。

「あとを頼むぞ、平八……」

風が吹き、松の木が枝を揺らした。鬼火の光と共に、灯篭の明かりが日本庭園を照らしていた。そのなかでふいに喜兵衛の輪郭がほつれる。そのまま老人の幽霊は風に溶けるように消えていった。伝えるべきことを伝え、満足したような表情だった。

「お、お待ち下さい、先代！　いや父上……っ！」

枯れ木のような足を必死に動かし、平八は駆け寄ろうとする。しかし触れることは叶《かな》わなかった。伸ばした手がすり抜けたかと思うと、喜兵衛の姿は瞬く間に消え去った。

「父上……」

もう誰もいなくなった地面に膝をつき、平八は呆然《ぼうぜん》とつぶやく。嵐花の鬼火も消え、庭園は静けさを取り戻していた。

「良かったな、平八。これだけ小判があれば店を建て直すこともできるだろう？　西洋風の店にすれば、また客が戻ってくるぞ」

得意げに嵐花が声を掛ける。しかし平八は跪《ひざまず》いたまま、大きく首を振った。

「……それはできません」

「なに？」

「……私には先代の残した金子を使うことはできません」

「なぜだ？　お前たちの為に残したものだぞ？」

もう一度、平八は大きく首を振った。そして絞り出すように言う。

「私はずっと先代を恨んできたのです……」

老人の小さな肩が小刻みに震えていた。

「先代が政に心を奪われて散財しなければ、帝都の世でもきっと『霜月楼』は繁盛していたはず、と。そう恨み言を腹に溜《た》めて生きて参りました。本当は先代は我々子孫の為を想《おも》ってくれていたのに……なんという恩知らず、なんという親不孝でございましょうか。このような私が先代の残してくれた財産に手をつけることなどできません……っ」

「……そうか」

嵐花は目に見えて肩を落とした。

「まあ、お前が嫌だと言うなら無理強いはできんしな」

夜風によって枝葉がさざめくような音が響き、嵐花はなびく髪を押さえる。

「しかし残念だ。せっかく良い店を見つけたというのに……ここが潰れれば他の常連たちもさぞかし落胆するだろうよ」

「……っ」

嵐花の一言にはっと平八は顔を上げた。途端、鬼はにやりと笑む。

「あれほど良い酒を出す店だ。常連が博徒共だけということもあるまい？　なあ、平八よ。お前の『霜月楼』は店を愛する客を蔑《ないがし》ろにするのか？」

「そ、そのようなことは……っ」

「ないだろうよ。無頼《ぶらい》の博徒共すら客としてもてなすお前だ。足を運ぶ客をお前は何より重んじている」

膝を折り、嵐花は目線を平八に合わせた。

「その客が求めているのだ。お前に店を続けてほしいと。一国一城の主《あるじ》、老舗を守る四代目として、これほど幸福なことがあるか？」

「しかし私にはこの金子を使う資格が……っ」

「資格なんぞ、あるに決まってるだろうが！」

細い肩を鬼はしっかりと摑《つか》む。

「この店をずっと守ってきたのは誰だ？　西洋化に出遅れて落ちぶれ、博徒共が入り浸るようになっても歯を食いしばって耐えてきたのは誰だ？　お前だろう？　その風雪に耐えてきた日々が今、良縁を呼び込んだのだ」

月夜の下、美しい鬼が語る。

人の肩に触れ、想いを説く。

静かな庭園に力強い声が響いた。

「誇れ、霜月平八よ！　この俺が認めてやる。誰がなんと言おうと、お前は先代の想いを継ぐに相応《ふさわ》しい店主だ！」

「……っ」

そして。

長い年月の分だけシワの刻まれた頰に一雫《ひとしずく》の涙がこぼれた。

平八は長いこと口を閉ざしていた。だがやがて泣き笑いの表情で苦笑をこぼす。

「……お客様からそこまでのお言葉を頂戴したら、もう返す言葉はございませんね」

ぽたり、ぽたり、と目元から雨を降らし、平八は頭を下げた。

「ありがとう存じます。先代の金子、ありがたく使わせて頂きます。四代目の名に恥じぬよう、必ずや店を盛り返してご覧に入れます」

地面の上に温かい涙の跡が増えていく。亡き先代へのわだかまりはここに解けた。客からも強く背中を押され、一店主として長年の苦労が報われた瞬間だった。

その言葉に嵐花は満足そうに笑みを返す。

「おう。楽しみにしているぞ。なにせこの俺が贔屓《ひいき》にする店だからな。帝都一の料亭になってもらわなくては困るというものだ」

「はい、お任せ下さいませ」

強い決意を滲《にじ》ませ、平八は頷いた。

すると、この夜に幕を下ろすかのように、鹿威《ししおど》しが小気味よく鳴った。

そして彰人は――。

「…………」

唖然《あぜん》としたまま、動くことができなかった。まるで何かの絆《きずな》を結んだかのような鬼と老人の姿を目にし、彰人はただただ立ち尽くすことしかできなかった。

翌日。

帝都大橋通り沿いの『霜月楼』には数人の軍人が訪れていた。昨晩のような陰陽特務部ではなく、情報部である。

事の中心となった日本庭園の松の木の前で、不破《ふわ》が困ったように頭をかいた。

「結局、今回のことはどう捉えればいいんだ？　お前さんが朝一番で出した報告書はこっちにも回ってきたが、正直わけがわからなかったぞ」

隣にいる彰人は無表情で答える。

「報告書に書いた通りだ。記述通りのことが昨晩、ここで起こった。それ以上でもそれ以下でもない」

「と言われてもなあ……」

不破の手にはまさに彰人が書いたその報告書がある。

この『霜月楼』で起こった事件の顚末《てんまつ》はすでに帝都軍に報告済みだ。情報部は報告内容を確認する役目も担っており、『千鬼の頭目』絡みということで指揮官の不破が訪れ、彰人も同行することになった。

不破は松の根元へ視線を向ける。昨晩のうちに穴は埋めてあり、今はやや色の変わった地面があるだけだ。

「つまりこういうことだろ？　昨日、『千鬼の頭目』はこの店に押しかけ、鬼火で脅して宴会をした。隣に居合わせた博徒と喧嘩《けんか》し、その時にとばっちりで殴られた店主の頰《ほ》っぺたを治してやって、ついでに先祖の隠し財産も見つけてやった。しかも先祖の幽霊まで呼び出して店主の誤解を解いて万々歳ときたもんだ」

思いっきり眉根を寄せ、不破はこちらを向く。

「なんだそりゃ？　不可解過ぎるだろ」

「…………」

自分も似たようなことを感じていた、とは言わない。

最初に店を脅したことや博徒との喧嘩沙汰は、極めて怪異らしい行動だ。しかしその後の平八に対する一連の行動はあまりに不可解である。まるで人間のために手を尽くしたかのようだ。

隠し財産についても嵐花はあらかじめ知っていたのだろう。怪異ゆえに幽霊から正確に情報を読み取れたのだと考えられる。

「なんかこの鬼……良い奴じゃないか？　怪異が善行をするなんてことあるのか？」

「ありえん。怪異は討つべきものだ。例外はない」

「しかしなあ……」

「ありえんと言っている」

突き放すように断言した。しかし彰人自身、胸のなかにかすかな戸惑いが生まれているのを感じていた。

昨夜、平八が隠し財産を使うと決めた後、嵐花は満足した様子でここを立ち去った。討つべき怪異が逃げようとしているのに彰人は動くことができなかった。それは部下たちも同様で、陰陽特務部としては恥ずべき失態だ。

その原因はやはり嵐花と平八のやり取りを間近で見てしまったことだろう。

文献によれば『千鬼の頭目』は江戸の町を焼き、多くの犠牲者を出した。そうした伝承とあの姿がどうにも重ならない。

だが帝都軍の本部前で軍用車に鬼火を放ち、大暴れしたのもまた事実である。そこに疑う余地はない。

「確認作業はもういいな？　私は『千鬼の頭目』の捜索任務に戻る」

「待て待て。あとは店主に話を聞くだけだからもう少しいろ。責任者不在じゃ確認にならないだろうが、まったく」

踵《きびす》を返そうとしたところで、不破に肩を摑まれて無理やりに止められた。

そのまま縁側から店のなかへと移動する。

「さっきの話だがな、良いことをする怪異ってのもいるにはいるんじゃないか？　ほら座《ざ》敷童《しきわらし》とかは家に福を呼ぶって言うじゃないか」

隅《すみ》に行燈《あんどん》の置かれた廊下を歩きながら、不破がそんなことを言ってきた。

彰人は一瞥《いちべつ》もすることなく答える。

「陰陽特務部の任務は怪異の討伐及び封印だ。我々は主に帝都の民衆からの通報によって現場へ急行する。お前の言う、座敷童という怪異の通報があったことは一度もない」

「あー」

隣から呆《あき》れたような吐息がこぼれる。

「良い怪異は通報されない。通報されないってことはいないってことか。ずいぶん恣意的な定義だな」

「なんとでも言うがいい。私は任務を果たすだけだ」

「……なんとでも、ね。じゃあ言わせてもらうがね」

軍帽の下から気だるげな、同時に見透かしたような視線が向けられる。

「命を捨てて怪異を討ったって、神宮寺家の人々は帰ってこねえぞ？」

「…………」

彰人は無表情で押し黙った。そんなことはとうの昔にわかっている。

神宮寺彰人の生家——神宮寺家は帝都軍でも高い地位にある家柄だった。幕末には目立つ功績はなかったものの、帝都軍設立時には各方面に尽力し、重鎮の一角としての地位を確立した。また血筋が平安《へいあん》の陰陽道《おんみょうどう》の家系だったため、激動の時代のなかで一族の面々にその才覚が目覚め、陰陽特務部の長を担うに至った。

だが彰人が十代の頃、神宮寺一族は凶悪な怪異によって滅ぼされてしまった。

生き残ったのは彰人ただ一人。遠縁や分家も含め、他には誰も生き残れなかった。

やがて彰人は帝都軍に入隊し、陰陽特務部に配属された。最初の任務は仇《あだ》たる怪異の討伐。そこで彰人は目ざましい活躍を見せ、かつて一族を根絶やしにした怪異を見事に討ち倒した。

しかし、そこからが長かった。

もう帰る場所はない。

討つべき仇も討ってしまった。残されたのは空虚な使命感だけだ。

帝都に仇なす怪異を討つこと。今、神宮寺彰人はそのためだけに生きている。

「不破、礼を言う」

「なんだよ、藪《やぶ》から棒に」

神宮寺家のことを指摘され、自身の在り方を再確認できた。

火の入っていない行燈の間を歩きながら彰人は決然と言う。

「怪異を討つのが私の使命だ。『千鬼の頭目』が何をしようが関係ない。すべて否定して奴を討つ。この神刀を使ってな」

腰のサーベルに触れる。蒼《あお》い宝玉が鈍く輝いていた。

「……あのなあ、神宮寺」

苛立《いらだ》ったように不破は頭をかく。またぞろ口論になりそうな空気だったが、その前に廊下の曲がり角から声が響いてきた。

「どうか、どうかこの金子だけはご勘弁下さい。後生でございます、中将閣下……っ」

平八の声だった。続いて中年男性の野太い声が響く。

「ええい放せ、爺《じじい》っ！　これは怪異によって手に入れた小判だろうが。不浄の金を民が手にするのは為にならん。帝都軍にて没収する！」

聞き覚えのある声だった。隣の不破も同様だったらしく、足を止めて眉を寄せる。

「この声、それに中将閣下ってまさか……あ、おい、神宮寺！」

足早に廊下の奥まで進み、角を曲がった。そこにあるのは店主たる平八の居室である。

襖《ふすま》は開いており、和室の中央に囲炉裏が見えた。壁際には箪笥《たんす》と仏壇が並んでいる。

反対側の襖も開いており、番頭を始めとする店の者たちが青ざめた表情で立ち尽くしていた。囲炉裏の横には平八がいて、畳に額を擦《なす》りつけて何かを懇願している。その正面にいるのは――彰人たちと同じ帝都軍人たちだった。

しかし陰陽特務部でも情報部でもない。本部の内務兵部隊だ。そして彼らは髭《ひげ》を蓄えた中年男性に率いられていた。襟の階級章は中将の位を示している。

「黒峰《くろみね》中将、なぜこちらに？」

「ん？　おお、神宮寺少尉、君か」

そこにいたのは帝都軍の黒峰中将だった。

本部の第一作戦室で彰人に『千鬼の頭目』討伐を命じた、直属の上官である。

「ちょうどいい。君からもこの老人に言って聞かせてくれ。怪異の関わった悪銭を民の手元に置いておくわけにはいかんとな」

その言葉に目を向けると、驚いたことに内務兵たちがあの壺《つぼ》を抱えていた。なかにはもちろん霜月喜兵衛の残した天保小判が入っている。

「君の報告書は朝一番で目を通した。『千鬼の頭目』がこの店で天保時代の小判を見つけたらしいな。君は任務で忙しかろう？　よって儂《わし》が自ら回収にきてやったのだ」

「…………」

とっさにどんな言葉を返していいかわからなかった。どうやら黒峰中将は報告書を読み、霜月喜兵衛の小判を求めてきたらしい。妖威のこびりついた鏡や藁《わら》人形など、怪異の関係した道具を安全のために陰陽特務部で回収することは確かにある。

しかし帝都の民の財産を没収するというのは……。

彰人が立ち尽くしていると、不破が追いついてきて顔をしかめた。

「なるほどなるほど、掘り出し物の小判が見つかったとわかってネコババしにきたわけですか。黒峰中将、さすがにそれはどうかと思いますよ」

「不破少尉か」

あからさまに不愉快さを顔に出し、黒峰中将は不破を睨《にら》む。

「黙っていろ。君は情報部だ。怪異のことは門外漢だろう？　いくら不破家の後ろ盾があるとはいえ、少尉風情が儂に意見することは許さんぞ」

「それは申し訳ありません」

不服そうに不破は肩を竦《すく》める。続いて中将の視線は彰人へと向けられた。

「神宮寺少尉、君の報告書によれば、この小判の山を最初に見つけたのは『千鬼の頭目』だったな？　間違いなかろう？」

「……その通りです」

軍人らしく、形だけは姿勢を正して答えた。

「儂の管轄する陰陽特務部は怪異の手から帝都の民を守ることを任務としている。この小判は『千鬼の頭目』に関わった、大変危険な代物だ。ならば我々が責任をもって回収するのは当然のことだ。儂は間違っているかね？」

「……いえ」

彰人がそう答えた途端、平八が中将の足に縋《すが》りついた。

「どうかお許し下さいませ！　その金子は先代が私たちのために残したものです。それを持っていかれては店が立ちゆきません。鬼の御方にも合わせる顔がございません……っ」

「鬼の御方だと？　とうとう尻尾を出しおったな！」

中将の足が平八を蹴り飛ばした。そう強い力ではなかったが、年老いた平八は簡単に畳に転がってしまう。

「神宮寺少尉、この老人は鬼に魅入られているようだ。君が目を覚まさせてやりたまえ。多少手荒なことをしても構わん」

いくぞ、と合図し、中将は壺を持った内務兵たちと居室を出ていく。

その背中を横目で見て、不破が小さく舌打ちするのが聞こえた。

「胸糞悪《むなくそわる》い……神宮寺、黒峰中将は軍規に従って没収するつもりなんてないぞ。そのまま自分の懐に入れるつもりだ。わざわざ自分できたのがその証拠だ」

「…………」

確かにそうなるだろう。黒峰中将の気質は自分もよくわかっている。彼は決して品行方正な人間ではない。だが軍人として上官に逆らうことはできなかった。

「……うぅ」

老人の押し殺したような泣き声が耳に届く。店の者たちが駆け寄り、彼らに支えられながら平八は慟哭《どうこく》していた。

「申し訳ありません、先代……私、私は……せっかく鬼の御方にも助けて頂いたというのに……店を守りきることが……できませんでした……」

「……っ」

いつの間にか拳を握り締めていた。軍人として上官に逆らうことはできない。

そんなことは決してするべきではない。だが、しかし。

「く……っ」

気づけば中将たちの後を追っていた。廊下に出て、彼らの背中に呼びかける。

「お待ち下さい、黒峰中将！」

「ん？　なんだね？」

「その小判を没収することは不当です。帝都軍の規律に反する行為となります。どうかお考え直しを」

「……どういう意味だ？」

中将の顔色が変わった。

我ながら馬鹿なことをしている、と自虐的な気分になりながら彰人は口を開く。

「確かに『千鬼の頭目』は壺について気づいている節がありました。しかし実際に松の根元の残滓《ざんし》に気づいたのは私です。さらには壺を掘り出したのは陰陽特務部の部下たちですので、厳密にはこの小判の発見に怪異の関与はありません」

「本気で言っているのかね？」

「私は事実をご報告申し上げております。怪異の関与がない以上、『霜月楼』の敷地《しきち》内で発見されたこの壺と小判は店主の物です。それを没収することは軍規違反に当たります」

中将の顔が見る見る険しくなっていく。

「だがあの老人は『鬼の御方』と言っていたぞ？　魅入られている何よりの証拠だろう」

「あれは『黄丹《おうに》の御方』と言ったのでしょう。黄丹とは顔料の鉛丹《えんたん》の別名です。顔料商の贔屓《ひいき》がいると昨夜、店主は申しておりました。その者を指して『黄丹の御方』と言っていたのだと思われます」

無論、平八からそんなことは聞いていない。とっさの方便だ。

「わかった。では君の言う通り、この小判は『千鬼の頭目』とは無関係としよう」

明らかに苦虫を嚙《か》み潰したような顔をしつつ、中将は頷《うなず》いた。

「しかし知っているかね？　この店は幕末に徳川に与《くみ》した佐幕派だ。この小判のことが知られれば、新政府があの手この手で没収しようとするだろう。ならばその前に我ら帝都軍が回収した方が帝都のためだとは思わんか？」

「誰にも知られなければ問題はありません」

自然に声が低くなった。

すっと目を細め、彰人は中将を見据える。

「我々、帝都軍の責務は帝都の守護及び治安保持です。今さら過去の権力闘争に拘泥する必要はないと考えます。少なくとも我が神宮寺家はそうした理念によって帝都軍を設立しました」

静かな威圧感が廊下を満たしていた。

内務兵たちが気圧《けお》されたように後退《あとずさ》る。同様に中将の頰にも脂汗が流れていた。

「くっ、神宮寺家の小倅《こせがれ》が儂に説教をする気か……っ」

本来、中将の黒峰家はそれほど地位の高い家ではなかった。彼が現在の立場に就けたのは神宮寺家が滅亡したことが遠因だ。その負い目もあるのだろう。今にも沸騰しそうな顔だったが中将は背中を向けた。

「本部へ戻るぞ！」

「つ、壺はどう致しますか……？」

「捨て置け！　そんなものはもういらん！」

内務兵のお伺いに怒鳴り声を返し、派手な足音を立てて中将は去っていった。

廊下の騒動を聞きつけ、平八や店の者たちが居室から顔を出す。それに気づき、彰人は軍帽を下げて表情を隠した。

「この金子はあなた方の物だ。気兼ねなく使うがいい。……私もこれで失礼する」

そう言って、廊下を歩きだす。黒峰中将と鉢合わせしないよう、やや速度を緩めて歩いていると、不破がにやついた顔で追いついてきた。

「頭の固いお前さんがまさか上官に逆らうとはなあ。どういう心境の変化だ？」

「……変化などない。私は軍規に則《のっと》った行動をしただけだ」

「軍規に則った行動ねえ。世の中、不思議なこともあるもんだ。人間と鬼が力を合わせて人助けするなんてな」

「力を合わせて……だと？　どういう意味だ？」

隣に並ぶと、不破はにやけ顔で突拍子もないことを言った。

「『千鬼の頭目』が小判を見つけて、お前さんが中将に没収されそうなところを間一髪で防いで……これじゃあまるで二人でこの店を救ったみたいじゃないか」

「…………」

思わず足を止めた。

先程、中将たちに向けたのと同じ視線を不破に向ける。

「私に斬られたいのか？」

「おいおい、物騒なことを言うな！　サーベルから手を離せ、俺は鬼じゃないぞ⁉」

「まったく……」

小さく毒づき、背を向ける。

嵐花の行動を肯定したつもりはない。中将の行いを諫《いさ》めたのは老人を蹴るという暴挙があまりに目に余ったからだ。

怪異が善行をなすなどありえない。

ありえるわけがない。

そう自分に言い聞かせ、彰人は『霜月楼』を後にした――。

第三章　夜桜には早く、いつかの日にはまだ遠く

夢をみていた。

神宮寺《じんぐうじ》家が滅ぼされた時の夢だ。

帳《とばり》のような夜空の下、屋敷《やしき》に火の手が上がっていた。大勢の悲鳴が木霊し、家の者たちが逃げ惑っている。それを追うのは獣のような巨大な怪異。柱をなぎ倒し、床や畳を踏み潰し、暴虐の限りを尽くしていた。

黒煙と炎が舞うなか、幼少期の彰人《あきひと》は屋敷の廊下を必死に駆けている。

肺が痛い。息が苦しい。熱のこもった空気が毒のように喉を締め付ける。それでも立ち止まることはできなかった。

怪異が襲ってくる。追いつかれた順に皆、怪異の餌食にされてしまった。だからどんなに苦しくても止まれない。

「誰か……」

目じりに涙が浮かび、嗚咽《おえつ》がこぼれた。

「誰か……っ」

神宮寺家の腕利きたちが立ち向かっても、獣の怪異には敵《かな》わなかった。残った者たちに対抗する力はない。それはまだ幼い彰人も同様で、皆と一緒に蜘蛛《くも》の子を散らすように逃げることしかできなかった。

見慣れた屋敷が炎に巻かれて灰になっていく。

見知った人々が次々に命を奪われていく。

その理不尽に抗《あらが》う術を少年は持っていない。

だから祈るように願った。

誰か。誰か。誰か。誰か。誰か。

「誰か助けて……っ！」

しかしその願いはついぞ叶《かな》わなかった。

家に所縁《ゆかり》のある者はこの日、ひとり残らず怪異の餌食になってしまった。

帳のような夜空の下、真っ赤な炎が揺らめいていた。救いの手はどこからも差し伸べられることはなく、夢のなかの彰人はずっと独りで泣いている――。

瞼《まぶた》を開いた。一瞬だけ呆《ほう》けそうになり、彰人は首を振って意識を覚醒させる。

……眠ってしまっていたのか。

職務中だというのに気が抜けている。もっと自分を律しなければ、と顔をしかめた。

彰人は今、御堂河原《みどうがわら》の陰陽特務部《おんみょうとくむぶ》の屯所《とんしょ》にいる。指揮官の執務室で書類仕事をしていたのだが、その途中でうたた寝をしてしまっていたらしい。

部屋には執務机と舶来品のソファーがあり、壁際には本棚が二つ、そして壁には帝都の地図が貼ってある。椅子に浅く背中を預け、彰人は細く息をはいた。

「ここしばらく夢にみることなどなかったのだが……」

眠っている間、夢をみていた。

神宮寺家が滅んだ日の夢だ。

当時、屋敷には本家と分家の人間が勢揃《せいぞろ》いし、会合を行っていた。その頃の陰陽特務部はほぼ神宮寺家の人間で構成されていたため、帝都での怪異対処の方針を話し合う意味合いもあった。

そこに怪異が現れた。神宮寺家には名うての術者たちが揃っていたが、それでも歯が立たず、半刻《はんとき》も経《た》たないうちに皆散っていった。

勝手場か囲炉裏の火が燃え移ったのだろう。やがて火の手が上がり、屋敷は地獄のような有様《ありさま》になった。力無き者が怪異に追われ、逃げ惑い、そして命を落としていった。

「……あの時」

気づけば、腰のサーベルに触れていた。

蒼《あお》い宝玉の付いた神刀《しんとう》。

その一刀は浄炎《じょうえん》を生み出し、悪《あ》しき怪異を打倒してくれる。かつて『千鬼《せんき》の頭目《とうもく》』が手下を率いて江戸《えど》を攻めた時も、蒼い炎がすべての悪しき者を打ち崩した。

——誰か助けて。

幼い彰人がどれだけそう祈っても、救いの手は現れなかった。だが、しかし。

「もしもあの時、この神刀があったなら……」

澄み渡る空のような蒼い炎が広がり、神宮寺家の皆を救えただろうか。

それが叶うならば、幼い頃の自分は迷わなかったろう。今と同じように命を賭し、神刀を手に取ったはずだ。

「……無意味な夢想だな」

自分の愚かしい発想にため息をつく。過去は変えられない。神宮寺家はすでに滅びたのだ。そして自分がたった一人生き残った事実も変わらない。

彰人が生存できたのは、崩れた屋根の下敷きになったことが要因だった。幸か不幸か、たまたまそこまで火の手が回らず、怪異も気づくことなく去った。おかげで命を拾うことになり、当初、人々はそれを奇跡だといった。一族が根絶やしになったなか、幼い子供一人が生き残ったのだから無理もない。

その後、彰人は幼いながら特例として帝都軍に入隊し、厳しい訓練のなか、やがて霊威《れいい》の才覚を開花させた。二十歳を過ぎた頃には軍人としても完成し、正式に陰陽特務部に配属された。

その最初の任務で討ち取ったのは、神宮寺家を滅ぼしたあの怪異である。

結果はひどくあっけないものだった。神宮寺家の誰も敵わなかった獣の怪異は、成長した彰人にとって敵ではなかった。これといった感慨が浮かぶ間もなく、本当に容易《たやす》く討伐できてしまった。帝都始まって以来の天才と称されるようになったのはこの時からだ。

そして長い長い日々が始まった。

もう帰る場所はない。

討つべき仇《あだ》も討ってしまった。残されたのは空虚な使命感だけだ。

帝都に仇なす怪異を討つこと。今、神宮寺彰人はそのためだけに生きている。

だというのに……。

彰人は目の前の執務机に視線を向ける。

「……頭の痛い話だ」

そこにはここ数日で帝都軍本部に提出した報告書の写しが広がっている。内容は無論のこと『千鬼の頭目』――嵐花《らんか》についてのものである。

あの鬼が軍本部に現れて軍用車を燃やし、帝都の街に繰り出してから一週間が経っていた。その間、奴は様々な騒動を起こしている。

以前の『霜月楼《しもつきろう》』での騒ぎに始まり、翌日には翠台町《すいだいちょう》の屋台通りで力士たちに大食い勝負をけしかけ、五人の関取を診療所送りにしている。しかも嵐花自身は勝負をせず、力士たちが必死に肉粽《ちまき》を食っている姿を酒の肴《さかな》にしていたというから酷《ひど》い話だ。

また次の日には瑞葉町《ずいようちょう》の松乃寺《まつのじ》に現れ、住職に念仏を唱えられたことに腹を立てて、寺の鐘を叩《たた》き壊《こわ》してしまった。同日の昼には隣町の魚河岸に移動し、漁師たちと大宴会を始め、止めに入った治安部の軍人たちを海に放り込んでいる。

さらに次の日には松隅町《まつずみちょう》の大衆浴場に現れ、湯がぬるいといって鬼火で勝手に湯温を上げてしまった。その上、常連の客たちと我慢比べをし、これまた八人を診療所送りにしている。

またその日の午後には下鎬町《しもしのぎちょう》で学生たちの一団に遭遇。その場にいた女学生たちが嵐花の美貌に心を奪われてしまい、まるで花魁《おいらん》道中のように彼女たちを引き連れて街中を練り歩いた。なかにはあまりに心酔し、婚約者との縁談を反故《ほご》にした令嬢も数人いたというから世も末である。

その他にも諸々《もろもろ》、枚挙に暇《いとま》がない。当然ながらすべての現場に彰人は急行した。陰陽術を駆使し、何度か肉薄したこともある。だがいつもあと一歩で逃げられてしまっていた。

大きな実力差はないはずだ。彰人が嵐花に比べて殊更劣っているという感触はない。

要因があるとすれば、一つだけ。嵐花の行動だ。

現場に駆け付けると、時折、嵐花に感謝や好意を口にする人々がいる。『霜月楼』の霜月平八《へいはち》はもちろんのこと、魚河岸の漁師たちは『鬼の旦那のおかげで溜飲《りゅういん》が下がったぜ』と口を揃えて言っていた。これは治安部の軍人たちが普段から漁師たちに横暴な態度を取っていたことが原因らしい。嵐花が宴会をしていた際、止めにきた軍人たちが普段同様に横暴な物言いをしたため、海に放り投げたというのが事の顛末《てんまつ》だった。

また大衆浴場で診療所送りになった常連たちも悪感情を抱いてはいなかった。それどころか『次はどんなに熱くても負けねえから。また来ないかねえ、鬼の人』と嵐花の再訪を待ち望んでいるような物言いをしていた。

嵐花と練り歩いた女学生たちに至っては、もはや筆舌に尽くしがたい。紅葉《もみじ》のように頬を染めて、『あんな綺麗《きれい》な方とお散歩できたなんて一生の思い出ですわ』と口々に嵐花を褒めちぎっていた。

信じがたいことだが……嵐花は帝都の人々に受け入れられている節がある。

その事実が彰人の腕を鈍らせていた。

「怪異は帝都に仇なす存在。討つべきもの。そのはずだ……」

執務机に並んだ報告書の束を見つめてつぶやく。

そうしているとふいに執務室の扉がノックされた。大して力の入っていない雑なノックだった。部下たちはこのようなことはしないので、誰がきたのかは想像がつく。扉が開くと、案の定、情報部の不破忠義《ふわただよし》だった。

「邪魔するぞ、神宮寺」

相変わらず襟元をだらしなく開け、けだるそうな雰囲気である。そして小脇には何かの書類を抱えていた。

「昨日、『千鬼の頭目』が現れた現場の情報確認書だ。署名を頼む」

「わかった。すぐに目を通そう」

書類を受け取り、手早く確認していく。すると不破は腰に手を当てて眉尻を下げた。

「なんか顔色が悪いぞ？……ああ、そうか、考えてみればお前さん、この一週間働き詰めだもんな。ちゃんと寝てるのか？」

「心配は無用だ。この程度で音を上げるような訓練はしていない」

「それはそれは」

執務机で眠っていたことを言う必要はないだろう。彰人が淀《よど》みなく答えると、不破は肩を竦《すく》めた。

「だけど聞いたぞ。黒峰《くろみね》中将からだいぶ絞られてるらしいな？」

「……情報部は耳が早いな」

この一週間、彰人は連日のように本部に呼び出され、黒峰中将から耳の痛い説教を受けていた。この午前中も本部に参じ、『いつまで鬼を野放しにするつもりか。帝都軍人ともあろう者が命が惜しくなったのか』と軍人としての姿勢を問われたばかりだ。

「やっぱり小判の件が尾を引いたか」

「私が鬼を討てずにいるのは事実だ。その意味では黒峰中将の怒りには正当性がある」

署名をし、確認書を返す。

「正当性ね。それでお前さんが疲弊して、さらに鬼を取り逃がす事態になったら意味がないと思うがな。……まあ、鬼を討って死ぬよりはいいのかね」

確認書を受け取ると、不破はやや表情を険しくした。

「なあ、わかってるだろう？　黒峰中将の目的は最初からお前さんを吊《つ》るし上《あ》げることだ。中将にとってお前さんはただの部下じゃない。下から突き上げてくる恐ろしい狼《おおかみ》だ。陰陽系部署の統括はそもそも神宮寺家が担っていた。お前さんが順当に出世を重ねれば、遠からず統括交代の機運が軍内部で高まってくるのは間違いない。そうなって自分が今の地位から蹴落とされることを中将は恐れてるんだよ。だからお前さんに『千鬼の頭目』の討伐任務──命を捨てる使命を与えた。なあ、こんな酷い話があるか？」

「…………」

「だがな、逆を言うとお前さんが失脚すれば、それで中将は満足する。だから俺はこう思うよ。お前さんは鬼なんて捕まえず、このままのらりくらりと時を過ごせばいい。そうすりゃ出世は遠のくだろうが、少なくとも死なずには済む」

「……今の発言は聞かなかったことにしよう」

確かにこのまま嵐花を捕まえずにいれば、中将はすべての責任を背負わせて彰人を失脚させ、自身の地位の安泰と共に満足するだろう。彰人も死なずに済む。

だがそんなことをしても……。

今と同じように無為に生きる日々が続くだけだ。ならば任務を放棄する意味などない。

帝都に仇なす怪異を討つこと。そのためだけに今の自分は生きているのだから。

そう、だからこそ……。

「……奴が真に帝都に仇なす怪異であってくれれば、私の迷いも晴れるのだが……」

朝露が葉からこぼれるように小さく、とても小さくつぶやいた。

不破が「なんだ？　何か言ったか？」と聞き返してくる。なんでもない、と言う代わりに首を左右に振った。

するとまた執務室の扉がノックされた。不破のように雑な叩き方ではない。入室を許可すると、若い部下が慌ただしく入ってきた。

「失礼致します！　神宮寺少尉殿にご報告が……っ」

「なんだ？」

「あっ、それがその、二点ほどありまして……っ」

先客がいることに気づき、部下は妙に言いづらそうに口ごもった。

不破が『席を外した方がいいか？』と目線で尋ねてきたので、彰人は部下を促すことにした。現状、情報部に隠さなければならないような案件など陰陽特務部にはない。

「構わん。報告しろ」

「はっ。そ、それではまず一点目ですが……」

まだどこか戸惑うような表情だが、部下は姿勢を正して報告する。

「今し方、守矢町《もりやちょう》の甘味処《どころ》からツケの支払いの催促がありました」

「ツケの催促？」

「はい。神宮寺少尉殿宛に団子……三十本分の金額が」

「……………」

聞き間違いだろうか？

彰人は真顔で尋ね返す。

「もう一度、言ってみろ」

「はい、神宮寺少尉殿へ催促がきています。三十本分の団子の代金を払え、と」

「……………」

思わず天を振り仰いでしまった。意味がわからない。

不破が啞然《あぜん》とした顔でこちらを向く。

「神宮寺、そんなに団子が好きなのか？」

「違う。私ではない」

まったく身に覚えのない請求だった。陰陽特務部の部下たちに奢《おご》りでもすればそれぐらいの数にはなるだろうが、そもそも守矢町の甘味処など彰人はいったことがない。

「甘味処には後程確認する。もう一点の報告はなんだ？」

尋ねると、部下の表情が変わった。瞳に緊張が走り、声がやや上擦る。

「本部より我が陰陽特務部へ緊急連絡です」

「緊急連絡だと？」

彰人は眉を寄せた。本部発信の緊急連絡など滅多にない。それこそ大規模な災害で全軍に一斉周知する時ぐらいだ。見れば不破も怪訝《けげん》な顔をしている。情報部すら通さない火急の連絡ということだろう。

「内容は？」

「はっ、本日正午過ぎ、大友《おおとも》内務卿《きょう》の御令孫《ごれいそん》が消息を絶ち、現在も行方知れずとのことです」

「内務卿の孫が……」

「行方不明だあ？」

さすがの彰人も驚きを隠せず、不破に至っては目を皿のように見開いている。

内務卿といえば新政府の実質的な最高権力者である。その孫が行方不明となれば、確かに緊急連絡がくるのも頷《うなず》けた。

しかしすぐに違和感を覚えた。部下は我が陰陽特務部への緊急連絡だと言った。内務卿の孫が行方不明となれば、治安部や歩兵部も含めた全隊へ命令が下るはずだ。

訝《いぶか》しく思っていると、部下は続けて言った。

「行方知れずになる直前、御令孫は守矢川《もりやがわ》の桜並木で大友家の方々と花見の支度《したく》をしていたそうです。その後、姿が見えなくなり、家の者が捜したところ、御令孫が——着物姿の鬼に攫《さら》われるところを見たとのことで」

「なんだと？」

彰人は反射的に立ち上がった。

着物姿の鬼。

陰陽特務部で把握している限り、今この帝都で該当する者はひとりしかいない。

彰人は見る間に表情を険しくし、部下が緊張した面持ちで本部からの命令を伝える。

「状況からして本部は内務卿の御令孫が『千鬼の頭目』に攫われたと判断。陰陽特務部は全力を挙げて御令孫を即時救出せよ、とのことです！」

◇　◇　◇

帝都を東西に分断する守矢川。かつては船や筏《いかだ》による水上運送にも使われていた川だ。川べりを彩る桜並木は有名で、その起源は数百年前にも遡るとされ、歴史的には江戸時代の浮世絵や室町《むろまち》時代の短歌にも度々この守矢川が登場する。

嵐花は着物の袖に手を入れて、川べりの桜並木へと向かっていた。帝都の中心地である帝都大橋通《ていとおおはしどお》りと違い、この辺りは昔ながらの木造建築が多い。まだ日は高く、昼にも差し掛かっていないので、民衆たちの日常生活の音が聞こえてくる。そんな通りをしばらく進むと、やがて桜色の木立ちが見えてきた。

「おお、懐かしいな」

目の前に広がったのは、見事な桜並木。地平線の向こうから長い川がうねるように流れてきて、その両端に桜の花が連綿と咲き誇っている。穏やかな風に花びらが舞い、非常に趣深い。

思い出すのは二百年前の景色。嵐花は昔にもこの守矢川で花見をしたことがあった。せっかく封印から蘇《よみがえ》ったので今日はここで桜を楽しもうという算段だ。

「昔は花見客が大勢いたが、はてさて今の時代はどうなってるか……おっ！」

川べりまでやってくると、辺りは花見客で賑《にぎ》わっていた。茣蓙《ござ》を敷いて弁当や酒を広げている者たちもいれば、物売りや音曲師《おんぎょくし》もいて、誰もが桜の下で楽しんでいる。

「これは呑《の》まなきゃ嘘《うそ》ってもんだろう。よしよし、適当な一団に交ざるとするか」

意気揚々と歩きだすと、右側に上等な日傘を差した女たちがいた。身なりもいいのでおそらくは華族という階級の娘たちだろう。あそこに交ざれば、かなりいい酒を振る舞ってくれそうだ。

一方で左側には音曲師と一緒に大声で歌っている若造たちの一団がいる。呑めや歌えやの雰囲気が非常に楽しげだ。あそこに交ざって愉快にならないわけがない。

他にも面白そうな人間たちが山ほどいる。どこに紛れ込もうかと考えつつ、嵐花は機嫌よく見てまわる。

すると、ふいに耳障りな音が聞こえてきた。

「……さ……ま……お……」

「ん？」

耳を澄ますと、何者かの声のようだった。野良犬が喧嘩《けんか》でもしているのだろうか。まったく風情のないことだ。花見の喧騒《けんそう》もあって、人間たちは気づいていない。この妙な声に気づいているのは五感の優れた嵐花だけだ。

……野良犬なら鬼火で追っ払ってやるか。

そんなことを思いつつ、桜の下の並木道へと足を踏み入れる。

すると太い幹の反対側に子供がいた。

「お祖父様《じい》ぁ……っ」

幹の後ろに隠れるようにしてべそをかいている。年齢は七、八歳といったところだろうか。おかっぱ頭に西洋式の服装で、襟元には蝶《ちょう》ネクタイをつけている。良いところのお坊ちゃんといった風体の少年だった。

「なんだ、童《わっぱ》か」

どうやら野良犬ではなく、子供の泣き声だったようだ。

「とりあえず鬼火で追っ払うか。……いやいや待て待て。それで騒ぎになって彰人が飛んできたら敵《かな》わんな」

この帝都にきてからというもの、何かする度にいつも彰人がやってくる。暇な時ならば相手をしてやってもいいが、今日は花見をしたい気分なので、彰人が現れたら面倒だ。

「仕方ない、この場は見逃してやろう。俺の器のでかさに感謝しろよ、童」

勝手にそう言い、嵐花は他の場所へ移動しようとする。

すると突然、子供に着物の端を摑《つか》まれた。

「んん？」

「お祖父様ぁ……っ」

予想外のことに驚いて振り返る。

「おい、なんだ？　放せ、童。俺を誰だと思ってる？」

「お祖父様ぁ……っ」

「違う、俺はお前の爺さんなんかじゃない。とっとと放せ！」

「嫌ぁ……っ」

離れるどころか、思いっきりしがみついてきた。涙や鼻水が自慢の着物に付きそうになり、さすがに慌てる。

「おい馬鹿、やめろやめろ！　これは三笠《みかさ》の天狗《てんぐ》と絡新婦《じょろうぐも》に作らせた特別製の着物なんだぞ!?　童の鼻水なんぞ付いてたまるか！　離れろ、馬鹿！」

子供の頭をぐいぐいと押す。しかし引き離そうとすればするほど必死にしがみついてくる。ついに堪忍袋の緒が切れて、嵐花は右手に鬼火を出した。

「燃やすぞ!?　俺の着物を汚したらお前を丸焦げにするぞ!?　いいのか!?」

「やっ！」

「だったら離れろ！」

「お祖父様ぁ……っ」

「だから爺《じじい》じゃない！」

「お父様ぁ……っ」

「父親でもない！」

「お腹《なか》空いたぁ……っ！」

「ああ、駄目だ。まったく話が通じん……っ」

頭を抱えた。そういえば、人間の子供というのはこういう理不尽な生き物だった。これなら野良犬の方が幾分マシだ。しかし着物を汚されるのは本当に避けたい。せっかくこんな桜の下で呑もうというのに、汚れた着物では興醒《きょうざ》めだ。

「わかった！　童、俺の負けだ。お前の望み通りにしてやる。だから鼻水だけはなんとかしろ。腹か？　とりあえず腹が減ってるのか？」

「……うん」

顔色を窺《うかが》うように尋ねると、小さな頷きが返ってきた。ようやく会話が通じた。この機を逃す手はない。嵐花はすかさず着物の懐に手を入れる。

「よしよし、ちょっと待ってろ。大衆浴場の勝負の時、常連が献上してきた饅頭《まんじゅう》がまだ確か……お、あったあった。ほら、食え！」

干した竹の皮に包まれた饅頭を差し出す。子供はちらりとそれを見ると、泣きはらした目で唇を尖《とが》らせた。

「……不味《まず》そう」

「贅沢《ぜいたく》言うな！」

確かに味はいまいちだったが、今はこれしか手元にない。無理やり持たせると、子供は桜の根っこに腰を下ろし、おっかなびっくり饅頭を口に運んだ。

「……あ」

「どうした?」

「美味しい……かも……です」

「そうだろう、そうだろう。腹が減ってる時はなんでも美味《うま》い。贅沢言わず、感謝して食え。それが礼儀というもんだ」

腹が満たされて多少は落ち着いたようだ。饅頭を食べ終わると、子供は意外にきれいな姿勢でお辞儀をしてきた。

「ごちそうさまでした。ありがとう御座いました」

そして恥じ入るように視線を落とす。

「えっと、お見苦しいところをお見せして……ごめんなさい」

「ふむ」

どうやら気持ちさえ落ち着けば、きちんと話ができるようだ。身なりや言葉遣いを見るにそこそこの家柄の子供なのだろう。

鼻水も止まったようなので、嵐花は桜の根っこに座っている子供の横へ腰を下ろす。

「で、童。お前、一人か？　親はどこにいる？」

そう尋ねた途端、利発そうな表情が崩れ、また鼻水が垂れてきた。

「……お祖父様ぁ、お父様ぁ」

「待て!?　待て待て、泣くな泣くな!?」

「うわああん……っ」

「迷子か!? 迷子なのか!? だったら俺が家まで送り届けてやる！　だから泣くんじゃない。な？　な？」

「屋敷《やしき》には帰りたくありません……っ」

「はあ？　どういうことなんだ!?」

わけがわからない。これだから童の相手は骨が折れる。しかもまた涙と鼻水が溢《あふ》れ、今にもしがみついてきそうな勢いだった。どうにかしなくてはならない。

「ええい、ままよ！」

子供の顔がこちらを向かないよう、抱き上げて前を向かせた。

そうして左腕で子供を抱いたまま、右手を天高くつき上げる。同時に付近の花びらに自分の妖威《ようい》を溶け込ませた。

すると風もないのに花びらが二人を囲むように乱舞し始める。自然には決して起こり得ない光景に子供は目を丸くした。

「わあ……っ」

「どうだ？　すごいだろ？」

「すごい、すごいです！　どうやってるのですか……!?」

「ここらの花びらを手下にした。俺に掛かればこの程度造作もない」

妖威を溶け込ませることで、花びらを使役できる状態にしたのだ。人間の術者が式神を使う時と同じような要領である。もちろん無数の対象を一斉に使役するなど、並の者にできることではない。嵐花だからこその芸当だ。

花びらが乱舞する光景を見て、子供は目を輝かせた。鼻水も引っ込み、先程の利発さが戻ってくる。

「もしかして、お兄さんは術者なのですか？」

「ほう、難しい言葉を知ってるな」

「お祖父様が言っていたんです。帝都軍には術者っていう不思議な力を持った人たちがいるって。お兄さんは術者なのですか？」

「いいや違う。俺は怪異だ」

「かいい？」

「あー、そうだな、『あやかし』といえば童にもわかるか？」

「あっ、わかりますっ。あやかしだからお兄さんは顔がきれいなのですか？」

花びらが舞うなか、嵐花は「おいおい」と目を見張る。

「これは驚いたな。童のくせに俺の美しさが理解できるのか？」

嵐花の顔には老若男女が魅了される……が、あまりにも幼い洟《はな》垂れ坊主などは例外である。寝て、食って、遊んで、というだけがすべてのガキにはさすがに審美眼などはないのだろう。と思っていたのだが、この子供はこちらの美しさに言及してきた。嵐花にとってこれは驚くべきことだった。

「お父様がお休みの時に帝都劇場に連れていってくれるんです。舞台に上がっている役者さんたちはみんなきれいだから」

「なるほどなるほど、それで目が肥えているというわけか。で、舞台役者共と俺はどっちが美しい？」

問いかけに対し、子供は嵐花の腕のなかでしばし考え、それから元気よく答えた。

「お兄さんです！」

途端、嵐花は呵々《かか》大笑した。

「そうだろう、そうだろう！　お前は良い目をしているな。将来は大物になるぞ！」

なかなか見所のある奴だった。ずり落ちないように子供を抱き直し、嵐花は言う。

「気に入った。名を覚えてやろう。童、お前はなんという？」

「はい、寿太郎《じゅたろう》です。大友寿太郎と申します」

おそらく親に躾《しつ》けられているのだろう。寿太郎はしっかりと背筋を伸ばして名乗った。

涙と鼻水も完全に引っ込んでいる。一安心だ。

「よし、寿太郎。それでお前、こんなところでなぜ泣いていた？」

どう見ても寿太郎はそこらの民衆の子供ではない。家の者がお目付け役としてついているはずだ。だというのに桜の陰で泣いていたのはどう考えても不自然だった。屋敷には帰りたくない、と言っていたことも考えると、何かしら事情があるのは間違いない。

「それは……」

腕のなかで寿太郎は言いづらそうに身動《みじろ》ぎする。

ふむ、とつぶやき、嵐花は寿太郎を抱いたまま歩き始めた。使役していた花びらは風に流れていき、花見の喧騒《けんそう》のなかを進んでいく。

「今日の俺は機嫌がいい。これだけの桜に囲まれているからな。しかし童が泣いていてはせっかくの花見も楽しめん。吐き出したいことがあるなら言え。特別に聞いてやる」

「でも大友家の嫡男たる者、よそ様に泣き言を漏らしてはいけない、ってお祖父《じい》様が……」

「それは人間相手のことだろう?」

くいっと頭を傾け、角を見せてやる。

「俺はあやかしだ。お前たち人間とは格が違う」

「そっか、あやかしのお兄さんにならお話ししてもいいんですね」

「納得できたようだな」

寿太郎は素直にこくこくと頷《うなず》き、やがて身の上を話し始めた。

「僕のお祖父様は内務卿《きょう》のお仕事をしているんです。お父様も政府で働いていて、僕もいずれ同じ道に進みます。進まなきゃ……いけません」

「ほう」

　察するに内務卿というのは役人の要職だろう。桜の下を歩きながら嵐花は尋ねる。

「お前はその道に進むのが不服なのか？」

「いいえ」

　芯の通った声だった。

「内務卿はとても立派なお仕事です。お祖父様もお父様も国の人々のためにお務めを果たしています。叶《かな》うのなら……僕もそうなりたいです」

　ただ、と寿太郎は俯《うつむ》いた。

「怖いのです。……軍人さんが」

「軍人？」

「帝都軍、というところの人たちのことです」

　寿太郎が言うには内務卿とはこの国の権力者のことらしい。どうやら江戸の頃の将軍や老中のようなもののようだ。内務卿の職務は主に政を担うこと。よってこの地を守護する帝都軍とも密な関係を築かなければならない。

　しかし寿太郎はどうにもその帝都軍人たちが恐ろしいのだという。

　そんな折、今日は昼から大友家の一同で花見をする予定だった。無論、ただの花見ではなく、政の関係者を招き、帝都軍の将校たちもやってくる。寿太郎は大友家の跡取りとして列席するように言われていた。

だがいざ時間が近づいてくると恐ろしくなり、花見の場からこっそりと逃げ出してしまったという。それだけならばまだしも道に迷い、桜の陰で泣いていたというわけだ。

「なるほど」

一通り聞き終え、嵐花は納得した。

「屋敷にも帰りたくない、と言っていたのはそういうわけか」

「……はい。大事な花見の席から逃げてしまって、お祖父様やお父様に合わせる顔がありません……」

「ふむ」

事情はおおよそわかった。しかしどうにも腑《ふ》に落ちないことがある。

「帝都軍の奴ら程度、そんなに恐ろしいか？」

「恐ろしいですっ。鬼のお兄さん、知らないのですか？」

寿太郎は大げさに前のめりになった。

「あやかし退治のためなら人間も斬ってしまう――神宮寺彰人少尉の噂《うわさ》を！」

「彰人？」

「はい、神宮寺彰人少尉です！」

寿太郎は勢い込んでまくし立ててくる。

曰《いわ》く、帝都の子供たちの間では今、あやかしよりも恐ろしい存在として、神宮寺彰人の名が広まっているらしい。それによると彰人はあやかしと見れば見境なくサーベルを抜き、これでもかと暴れるという。ある呉服屋ではあやかしの鼠《ねずみ》ごと大旦那を斬り伏せ、帝都軍の敷地《しきち》では呪符を使って鬼ごと車を爆発させてしまったとか。

さらにはしばらくあやかしが現れないと、その鬱憤を晴らすために人間をあやかし扱いして狙ってくるという。もしも神宮寺彰人に出会っても決して目を合わせてはいけない。自分が次の標的にされてしまうからだ。

そんな噂で帝都の子供たちは震え上がっているという。

「……く、くくっ……そうかそうか……そんな噂が……くくく……っ」

おかしくて腹がよじれそうだった。

考えてみれば、彰人は一際目立つ容姿をしているくせに愛想がまったくない。淡々と怪異の相手をしているところを見られ、あらぬ噂が立ったのだろう。さらにそれが大人たちの口から子供たちの口へ伝わるにつれて、尾ひれ背びれがついたとみえる。まるで彰人の方が怪異のような言われようだ。これがおかしくないはずがない。

「しかし寿太郎、その花見に彰人がくるわけではないのだろう？」

なんとか呼吸を整え、そう尋ねる。彰人は事あるごとに追ってくるので、花見をしている暇などないはずだ。

「それは……はい、お客様は将校殿たちだけなので。でも帝都軍の軍服やサーベルを見ると、どうしても神宮寺彰人少尉のことが思い浮かんでしまって……」

寿太郎は腕のなかでしょげ返った。

「僕も少尉が本当に人を襲うと思っているわけではないのです。そんなことをしていればお祖父様やお父様が許すはずがありませんから。でも軍人さんを見ると、どうしても噂の怖いところを思い出してしまって……」

「まあ、わからんでもないがな」

おそらく寿太郎のなかにもともと軍人に対する苦手意識があったのだろう。江戸の頃の侍が刀を差していたように帝都軍人も常にサーベルを提げている。血気盛んな子供ならばともかく、寿太郎のように控えめな性格では気後れしても不思議ではない。その苦手意識に子供たちの噂が結びつき、彰人への印象をもとにしてより強く忌避するようになってしまったのだろう。

「こんな臆病者の僕では……きっとお祖父様やお父様のようにきちんとお務めをすることはできません」

「そうだな。彰人を恐れるようでは政などままならんだろうなあ」

「うぅ……」

じわり、と寿太郎の目じりに涙が浮かぶ。

「お花見の席には戻れないし、屋敷《やしき》にも帰れないし、僕なんかもうどこかへいってしまった方が国の皆様のためなのでしょうか……」

鼻水も出てきて、また着物につきそうだった。しかしもう慌てたりはしなかった。嵐花は寿太郎の頭をくしゃっと撫《な》でる。

「ならば、俺とくるか？」

「え？」

「どこかへいくしかないのなら、俺がどこへなりとも連れてってやろう」

言われたことの意味がわからなかったらしく、寿太郎は目を瞬《しばた》く。

ちょうどその時だ。

桜並木の向こうから男たちが駆けてきた。西洋風の衣服の使用人らしき者、それから軍服の帝都軍人、合わせて六人ほどの一団だ。先頭の男がこちらを見て、はっとした顔をする。

「寿太郎坊ちゃま……っ」

「……あっ」

名を呼ばれると、寿太郎はかすかに体を強張《こわば》らせた。怯《おび》えた眼差《まなざ》しは声を掛けてきた使用人ではなく、一緒にいる帝都軍人に向けられている。

どうやら寿太郎を捜しにきた者たちのようだ。屋敷の使用人と花見に招かれた将校の部下、といったところだろう。

なんなら、こいつらに寿太郎を返してやってもいい。そもそもが迷子なので、その方が面倒もない。こちらも花見に戻れて万々歳といったところだ。しかし……。

「……ま、乗りかかった船だからな」

それに面白いことも思いついた。

嵐花はにやりと笑い、男たちへ大声で宣言する。

「この童は俺が預かった！　お前らのもとには二度と返さんからそう思え！」

桜並木に朗々と声が響く。途端、男たちは絶句し、帝都軍人の一人がこちらの角に気づいた。

「お、鬼だと!?　まさか本部を襲ったというあの鬼か……!?」

「そう、その鬼だ。寿太郎は俺がもらっていく。頭からバリバリと喰《く》って酒のつまみにしてやるぞ」

腕のなかで寿太郎が「お、お兄さん？」と戸惑う。しかしそこに怯えの色はない。純粋に困惑しているだけだ。軍人には怯えても鬼には怯えない、というのもおかしな話だと思いながら、嵐花は口の端をつり上げる。

「いくぞ、寿太郎」

「え、え……わあ⁉」

言うが早いか、嵐花は天高く跳躍した。桜の枝を蹴り、花びらの舞う空を駆けていく。

残された男たちは唖然《あぜん》とし、しかし次の瞬間には血相を変えた。

「ぼ、坊ちゃまが……っ」

「内務卿の御令孫が鬼に攫《さら》われた！　連絡っ、すぐに陰陽特務部へ連絡だ！　急げ！」

花見の場がにわかに騒然としていく。

御堂河原の屯所にいる彰人のもとへこの報が届いたのは、それから程なくしてのことだった。


寿太郎を抱いたまま桜並木を抜け、嵐花は守矢町の方へと戻ってきた。江戸の雰囲気が残る木造家屋の通りを歩き始める。

「あ、あの、一体どこへいくのですか……？」

「んー、そうだな。まずは腹ごしらえといくか」

「腹ごしらえ……？」

寿太郎は明らかに戸惑っている。家の者と帝都軍人の前から攫ってこられたのだ。無理もないことだろう。しかし嵐花は構わず歩いていく。

「腹が減っては戦ができぬ、というからな」

「い、戦って……誰かと戦をするのですか？」

「まあ細かいことは気にするな。……お？　この店にしておくか」

目を丸くする寿太郎を抱いたまま、甘味処《どころ》の前で足を止めた。ところどころ剝げた瓦のひさしの下、白い暖簾《のれん》が掛かっており、軒先で看板娘らしい女が掃除をしている。

「娘よ、二人だ。席に案内しろ」

「はいはい、お客様ですか。どうぞなかへ……えっ」

嵐花の姿を見た途端、看板娘は箒《ほうき》をぱたりと落としてしまった。

その頰が見る見る朱に染まっていく。

「なんて綺麗《きれい》なお方……」

ほう、と看板娘はため息をつく。嵐花の美貌に見惚《みと》れてしまっていた。

「はっはっは、そうだろうそうだろう。俺のような美丈夫が突然目の前に現れては驚くのも無理はない。しかし娘よ、仕事は仕事だぞ？　少々待ってやるから俺の美貌を堪能《たんのう》したら席に案内しろ」

「ええっ、そんな……っ。こんな綺麗なお方がウチみたいな小汚い店に⁉　どうしましょうどうしましょう……っ」

看板娘は真っ赤な顔で慌てて店へ入っていく。その姿を見て嵐花は機嫌よく高笑いする。

「おいおい、案内しろと言っているのに一人でいく奴があるか。困ったものだな」

まったく困っていない口調でそう言い、看板娘の後に続いた。

店内は左右に分かれ、右側は長椅子の席、左側は座敷《ざしき》席になっていた。そこそこ繁盛しているようで、席の八割ほどが埋まっている。そして看板娘は店の奥へと声を張り上げていた。

「お父さん、大変大変！　すっごい綺麗なお客さんがきたわよ！　たぶん帝都劇場の役者さんだわ。わたし、あんな顔の整った人、見たことないもの……っ」

「やれやれ、我ながら美しさとは罪だな」

嵐花はわざとらしく嘆息した。この世ならざる美貌に慌てる気持ちは大いにわかる。しかしこのままでは落ち着いて茶も飲めそうにない。

仕方あるまい、と肩を竦《すく》め、嵐花は看板娘の方へいく。そして芝居掛かった手つきで髪をかき上げ、流し目を送ってやった。

「騒ぐな騒ぐな。あとで酌の一つもさせてやるから大人しくしておけ、娘よ」

「――っ!?　は、はい……っ」

見つめられた途端、看板娘は熱に浮かされたように呆《ほう》けてしまい、見事に大人しくなった。するとこ奥から娘の父親らしき店主が顔を出す。

「ぴーぴーと小鳥みてえに騒いで何事だ、馬鹿娘。お客さん方の前だろうが……なっ⁉つ、角⁉ あやかしか⁉」

こちらの角に気づき、店主は目を剝《む》いた。だが嵐花は構わず、指を二本立てる。

「団子を二人前だ。あとは熱い茶を持ってこい。銭は弾むぞ」

「こ、困りますぜ、お客さん……あやかしでしょう？ あやかしに出せる団子なんざ、ウチにはありませんよ」

「普通の団子でいい。戦の前だからな。変に贅《ぜい》を尽くしたものより、安っぽい普通の団子がちょうどいいんだ。ぐだぐだ言わずに早く用意しろ。店ごと燃やすぞ？」

問答をするのが面倒になって、手のひらに鬼火を出した。途端、店主は「ひ……っ」と真っ青になる。

「さあ、好きな方を選べ。気持ちよく団子を出すか、店ごと灰になって燃え尽きるかだ。俺はどっちでもいいぞ。焼き団子も嫌いではないからな」

「は、はい……た、ただ」

ただいま、と店主は言おうとしていた。しかし抱いている寿太郎が突然、こちらの腕を摑《つか》んできた。

「いけません！」

「んん⁉」

虚を衝かれ、危うく鬼火が暴発してしまいそうになった。慌てて妖威を制御していると、寿太郎がさらに言い募ってくる。

「市井の人々を力で脅すなどよくないことです！　お兄さん、そういうことはやめて下さいっ」

「……お、おお、すまん」

驚いて思わず謝ってしまった。子供に叱られたことなど生まれてこの方、一度もない。

鬼火も勢いを失《な》くして消えていく。しかし数秒してはっと我に返った。

「いやいや待て待て、なぜ俺が叱られるんだ？　お前、俺を誰だと思っている？」

「鬼のお兄さんです」

「そうだ、鬼だ。それもとびっきり強くて美しい鬼だぞ。お前みたいな童が叱っていい相手じゃない。身の程を弁《わきま》えろ」

「でも罪なき人を脅すのは悪いことです」

「人間の理屈を鬼に当てはめるんじゃない」

「よく考えて下さい」

こちらの腕を掴んだまま、寿太郎がずいっと顔を寄せてきた。

「脅して出してもらうより、ちゃんとお願いして出してもらった方がお団子も美味《おい》しいです。お兄さんが先ほどくれたお饅頭《まんじゅう》もそうです。お兄さんが優しさでくれたお饅頭だから美味しかったんだと思います」

「む」

意外に真っ当なことを言われ、言い返せなかった。確かに酒も無理やり奪うより、楽しく呑《の》んだ方が圧倒的に美味《うま》い。ならば団子も同じだろう。

「寿太郎、お前……存外に賢いな」

「ありがとう御座います。お祖父《じい》様やお父様の背中を見て、日々精進していますので」

得意げに小さく胸を張ると、おかっぱ頭がわずかに揺れた。小生意気だが年相応の愛《あい》嬌《きょう》がある仕草だった。

やれやれと苦笑し、嵐花はそばの座敷席へと座り込んだ。そして胡坐《あぐら》をかいた膝をポンッと打つ。

「相分かった！　ここはお前の顔を立てよう。おい、店主」

はらはらと事の成り行きを見守っていた店主に話しかける。

「脅して悪かったな。もう燃やすなんて言わん。安心しろ」

「は、はあ……左様で」

「改めて団子二人前と茶がほしい。頼めるか？」

「店が燃やされないで済むのなら……承りました」

寿太郎とのやり取りを見ていて、店主も思うところがあったらしい。不承不承ながらに頷《うなず》き、「ご注文、お団子お二つ」と復唱して奥へ引っ込んでいく。

ちなみに看板娘はというと、

「立ってる姿も美しいのに、座っている姿も凛《りん》としてて素敵……」

店が燃やされるかどうかの窮地も気にせず、まだうっとりと嵐花を見つめていた。

それから程なくして店主が団子の皿と熱い茶を持ってきた。簡素な丸皿には一枚につき三本の団子が載っている。

「よし、食うぞ」

「はい！　いただきます」

寿太郎がきれいに手を合わせ、二人で舌鼓を打った。皿にはみたらし、よもぎ、あんこが一本ずつ載っており、格別美味いわけではないが庶民的な味わいがある。幼いながらに三本とも食べきると、寿太郎はやがて茶を啜《すす》りながらこちらを見上げた。

「お兄さん、聞いてもいいですか？」

「おう。どうした？」

「僕は……お兄さんに攫《さら》われたのですか？」

「うむ、そうだな」

そう宣言して連れてきた。建前としては立派な人攫《ひとさら》い――『かどわかし』だ。今頃、寿太郎の家や帝都軍は大騒ぎになっていることだろう。

「どうして……僕を攫ってくれたのですか？」

「おかしな物言いだな。くれた、などと攫われた本人が言うことではないぞ」

「おかしいのはわかってます。でも……」

寿太郎は湯呑《ゆのみ》のなかで揺れる茶の水面を見つめる。

「……お兄さんが僕のために攫ってくれた、というのはなんとなくわかるので」

「ふむ」

落ち着いた物言いだった。泣きべそをかいていなければ、やはり利発な子供のようだ。

「僕を……どこかへ連れていってくれるのですか？」

小さな問いかけに対し、嵐花は頬杖《ほおづえ》をついて尋ね返す。

「お前はどこにいきたいんだ？」

桜並木で寿太郎は言っていた。自分がどこかへいった方が皆のためになるかもしれない、と。だがそれは他者を思っての言葉であって、寿太郎自身の願いではない。

「なんなら場所でなくてもいいぞ。寿太郎よ、お前はどうしたい？」

美しい瞳が少年を見据える。

「こうして一緒に茶を飲んだ仲だ。茶飲み仲間のよしみで大概のことは叶《かな》えてやろう。軍人共が鬱陶しいなら俺が帝都軍を潰してやってもいい」

「え……」

「将来、政を担うのが重荷なら、この国を吹っ飛ばしてやってもいいぞ？　国も何も無くなって皆で農民にでもなれば、お前の心も軽くなるだろう」

「えっと……」

「好きなことを願え。すべてお前の思い通りにしてやる」

「…………」

寿太郎は俯《うつむ》いてしまった。そこらの童ならば、無邪気に適当な願いを口にするところだろう。だが寿太郎は安易なことを口にしない。幼いながらにそうした思慮深さを持っている。

実際、頼まれたならば帝都軍潰しでも国潰しでもやってやろう、と思っていた。伝説の鬼である嵐花にはその程度、造作もない。茶飲み仲間からの頼みとあらば、二つ返事でやってやるつもりだ。

そして寿太郎はやがてぽつりと言った。

「……わかりません」

湯呑を見つめたまま、その視線は動かない。

「僕は自分がどうしたいのか……まだわかりません」

「そうか」

「だから……」

「ん？」

こちらを向くと、寿太郎は遠慮がちに言う。

桜並木で泣いていた時よりも、ずっと迷子のような目で。

「もう少しだけ、お兄さんに攫われていてもいいですか……？」

嵐花は頬杖をついた姿勢で苦笑し、寿太郎の頭をくしゃっと撫《な》でる。

「構わん。すぐに答えが出るようなことでもないだろう。ゆっくり悩め」

自分の分の茶を飲み干し、嵐花は立ち上がる。

「よし、次にいくぞ。ついてこい、寿太郎」

「はい……っ」

嬉《うれ》しそうに頷き、寿太郎は座敷席から下りていく。

一方、嵐花はこちらを窺《うかが》っていた看板娘の方へ近寄った。

「おい、娘。ちょっと来い」

「はい！　お酌ですか!?」

「あー、そういえばそんなことも言ったな。じゃあ、一杯注げ」

「喜んでっ」

急須からお茶のおかわりを入れさせ、それを飲み干すと、嵐花は言った。

「団子の勘定だがな。俺は金を持っとらん」

「いいです、いいです、お金なんて」

「おい、馬鹿娘！　いいわけがあるか⁉」

看板娘が手を振って言うと、店主が奥から顔を出して怒鳴った。

その声量に嵐花の方が珍しく慌ててしまう。

「声がでかい！　落ち着け、店主っ。文無しなことを寿太郎に知られたらまた叱られるだろうが！　日に二度も童に小言を言われては堪《たま》らんぞ」

嵐花は口元に指を当て、小声で話すように店主に促す。

「いいか？　俺は金を持っとらんが当てはある。団子の勘定は帝都軍にツケておけ」

「ぐ、軍人さんのとこにですかい……？」

「そうだ。帝都軍の神宮寺彰人。こいつに言えば必ず払う。だから今すぐに取り立てにいけ」

「神宮寺彰人……って残忍で有名な軍人さんじゃないですか！　いやいや困りますよ」

「心配するな。偏屈だが生真面目な奴だからな。俺が関わったことに金を惜しんだりはせん。おお、そうだ、ついでにここにいる奴らの代金も肩代わりしてやるぞ」

「は？　ここにいるって……」

店主が見回す先、甘味処《どころ》のなかには結構な数の客がいる。皆、鬼の嵐花がやってきたことで下手に店から出ることもできず、息を潜めるように黙々と団子を食べていたが、代金の肩代わりと聞いてざわめき始めた。そこへ嵐花が腰に手を当てて豪語する。

「俺の奢《おご》りだ。お前ら好きなだけ食っていけ」

途端、客たちは江戸っ子の気質を発揮して、やんややんやと嵐花を褒《ほ》め称《たた》え始めた。もう後戻りはできない雰囲気だと察したらしく、店主は困ったような顔をする。

「本当に軍人さんに払って頂けるので……？」

「お父さん、どいて。大丈夫です、わたしがツケを取り立てますから！　今すぐいってきますっ」

父親をぐいっと押し退け、看板娘が大きく頷いて了承した。これでいい。とにかく一報さえ届けば団子の代金程度、彰人は惜しんだりはしないだろう。

「頼んだぞ。なんなら娘よ、お前たちも飲み食いしてツケていいからな」

「はいっ、ありがとうございます！」

「よしよし」

無事に話がついたことに満足し、嵐花は大手を振って甘味処を後にした。

寿太郎を連れてまた守矢町の散策を始めた。

木造家屋はやはりどこか懐かしさがある。洗濯や炊事の物音が聞こえてきて、そこかしこで人間たちの営みの雰囲気が感じられた。場所によっては長屋などもまだあるらしく、何気なく覗《のぞ》いてみると、なかの住人が「鬼が出た……！」と騒ぎだして実に愉快だった。

「はてさて……」

こうしてぶらぶらしていてもいいが、それでは日が暮れてしまう。背後に寿太郎がついてきているのを確かめつつ、嵐花は宙を見上げて思案する。

「さっきの甘味処の取り立てを聞けば遠からずやってくるだろうな。こうして長屋の連中も騒ぎ出しているし、こっちの居所はすぐにわかるだろう。しかしただ待ってるのも退屈だ。他にあいつを呼び出す方法は……お？」

ちょうど良さそうなものを見つけ、嵐花は足を止めた。

視線の先にはあるのは、町外れの小さな神社。木立ちの間に赤い鳥居があり、奥にこぢんまりとした社が建っている。気配を探ってみると、なかなか力のある怪異がいそうだった。

「うむ。彰人を呼び出すにはやはり怪異だな」

独り言を言い、すぐ後ろにいた寿太郎を抱き上げる。

「わっ、どうしたんですか？」

「騒ぐな騒ぐな。ちょいとここにいるあやかしに挨拶するだけだ」

「え、あやかし……!?」

鳥居をくぐり、石畳の一本道を進んでいく。入口は木立ちで鬱蒼《うっそう》としていたが、神社の敷地《しきち》のなかは意外に明るかった。午後の日差しが差し込み、じんわりと暖かい。

「たのもう！　ここにいる怪異に用がある。ちょいと面を貸せ」

声を張り上げると、風もないのに木立ちがざわざわと揺れ始めた。

寿太郎が「え？　え？」と驚いたように目を丸くする。木立ちのざわめきはさらに大きくなっていく。同時に社の鐘がひとりでに、からんからん、と鳴り始めた。なかなかいい兆候だ。大物の怪異が出てきそうな風格がある。

正面の社を見据え、嵐花は唇をつり上げた。

「来るぞ、寿太郎。腹を決めろ」

腕のなかの寿太郎が身を縮こまらせる。次の瞬間、鐘が大きく鳴り響き、社の戸が勢いよく開いた。そして――。

「だれー？　ぼくのこと呼んだー？」

小さなこぎつねが社のなかからぴょんと飛び跳ねて現れた。

「……ん？」

嵐花は思いきり眉を寄せる。

言葉を話していることからもわかる通り、間違いなく怪異の狐《きつね》だ。だがまだ子供のようで威厳がまったくない。見た目も綿を入れた人形のように丸っこく、もふもふした毛並みに覆われていて、やたらと愛嬌《あいきょう》がある。首には勾玉《まがたま》印の前掛けをつけているが、これがまた人形のような印象に輪を掛けていた。

「あー……狐よ。お前がこの社の主か？」

「そうだよー。ここはね、ぼくのおウチなの」

「他にここを住処《すみか》にしている怪異はいないか？」

「えー、いないよー？　このおウチに住んでるのはぼくだけだよ」

こぎつねは賽銭《さいせん》箱の上に座り、尻尾を振って答えた。声も甘ったるく、まるで飼い犬のように人懐っこい。

「うーむ、これは……」

思わず頭をかいた。

……当てが外れたかもしれんな。

神社の外で感じた気配は、どうやらこのこぎつねで間違いない。鬼を前にして怯《おび》えていないことからも怪異としての地力はそこそこありそうだ。

よく見れば、社の両側には狐の像が建っていた。ここはどうやら稲荷神社《いなりじんじゃ》らしい。こぎつねが力を自由に使えるならば、自然に人間が集まってもっと賑《にぎ》わっているはずだ。そうした気配がないところから察するにまだ子供ゆえ、力を扱いきれていないのだろう。

「どうしたものか……」

実は思うところがあり、嵐花は彰人を呼び出そうと考えている。

先程、甘味処でツケを作ったのも、そうすれば彰人が飛んでくると考えたからだ。さらに彰人といえば、やはり怪異だろう。この一週間でなんとなくわかってきたのだが、あいつは帝都軍のなかでも怪異を専門にした軍人らしい。

よって適当な怪異を暴れさせれば血相を変えてやってくるかもしれないと思い、この神社に入ってみたのだが……どうやら見込み違いだったようだ。地力があるとはいえ、こんな子供の狐では暴れてもたかが知れている。

……仕方ない。面倒だが他を当たるか。

「あー、狐よ。俺たちはもういく。邪魔したな」

適当に言い、背を向けようとする。しかしそこで寿太郎がぽつりと言った。

「……可愛《かわい》い」

何やらこぎつねに釘付《くぎづ》けになっている様子だった。おいおい、と嵐花は目を瞬《しばた》く。

「正気か、お前。見た目は狐だが、あれはあやかしだぞ？」

「お兄さんだってあやかしです」

「まあ、それはそうだが……」

もう少し警戒心があってもいいのではないだろうか。しかし子供というのはこういうものかもしれない。見たところ、こぎつねに害意はなさそうなので、寿太郎を下に降ろす。

「ほれ、遊んでこい」

「え、いいんですか？」

「あの狐が気に入ったのだろう？」

「気に入ったというか、可愛いな……って」

「なら話しかけてみろ。あの手のあやかしは大抵暇をしてるからな。遊び相手は歓迎するかもしれんぞ」

けしかけてみると、寿太郎はおっかなびっくり賽銭箱の方へ近づき始めた。

そこではこぎつねが不思議そうに首をかしげている。

「なにー？」

「え、えっと……」

「人間の子ー？」

「は、はい。僕は人間です」

「ぼくはね、きつねの子ー」

「なんとなくわかります、はい」

ぎこちなく寿太郎は頷《うなず》く。

「えっと……」

蝶《ちょう》ネクタイの形を整え、背筋を伸ばす。そして意を決した様子で寿太郎は口を開いた。

「ぼ、僕と遊んでくれませんか……っ」

まるで果し合いでも申し込むような緊張した面持ちだった。だが考えてみれば、寿太郎は良《い》いところの家柄らしいので、家同士の思惑が絡まない友人というのもなかなかいないのかもしれない。

寿太郎の申し出に対し、こぎつねは驚いたように耳を立てた。

「ほんとっ？ ぼくと遊んでくれるの？」

「はいっ、君と遊びたいです！」

「遊ぶ遊ぶーっ」

賽銭箱の縁《ふち》を蹴り、こぎつねが寿太郎の胸に飛び込んだ。わっ、と目を丸くするが、小さな腕はすぐに丸っこい体を抱き留める。

「温かい……それにお日様みたいな匂いがしますっ」

「えへへー、ぼく、あったかいー！」

木漏れ日の下、子供とこぎつねがじゃれ合っている。

なんともほのぼのした光景だった。追いかけっこを始めた寿太郎とこぎつねを眺め、嵐花は「やれやれ」と狐の像に背中を預ける。

彰人を呼び寄せるために怪異を暴れさせるつもりだったが……まあこれはこれでいいだろう。

穏やかな風が吹くなか、嵐花ははしゃいでいる子供と狐を見守って肩を竦《すく》めた。

◇◇◇

その頃、彰人は守矢町の甘味処を訪れていた。

嵐花の着物に仕込んだ呪符の反応を追っているうち、この甘味処にたどり着いたのだ。驚いたことに屯所へ団子のツケの催促をしてきたのもこの店である。

事情を尋ねたところ、看板娘らしき女性は勢いよくまくし立ててきた。

「ええ、ええ、その通り！　着物姿の鬼の人がきて、神宮寺彰人少尉のツケにしていいって。すっごく綺麗《きれい》なお方でねえ。わたし、すっかり惚《ほ》れ込んじゃったわ」

その横で父親らしき店主もため息をつく。

「馬鹿娘がこの有様《ありさま》で堪《たま》んねえですよ、父親としては。……ああはい、身なりのいい子供も連れてましたわ。それで軍人さん……」

店主は警戒した面持ちでこちらの顔色を窺《うかが》ってくる。

噂《うわさ》の神宮寺彰人に対する恐れが半分、商人としての根性が半分、という眼差《まなざ》しだった。

「……お勘定は払って頂けるんで？」

「…………」

胸中でため息をつき、彰人は財布を取り出す。

「怪異の被害は帝都軍で補償する」

店主に三十本分の団子の代金を渡し、彰人は甘味処《どころ》を出た。去り際に尋ねたところ、嵐花は稲荷神社の方へ向かったらしい。呪符の反応も同じ方向を示している。

そしてもう一つ。

鬼が連れていた子供の風体を尋ねると、まさしく件《くだん》の大友内務卿《きょう》の孫のものとぴったり一致した。

治安部からの報告によれば、内務卿の孫・大友寿太郎は今日、守矢川で行われた大友家の花見に参加する予定だった。しかしいつの間にか姿を消し、大友家の使用人と治安部が捜索に出たところ、『千鬼の頭目』が大友寿太郎を抱いて歩いているところに遭遇。『千鬼の頭目』は大友寿太郎を攫《さら》うことを宣言し、どこかへ飛び去ったという。

この甘味処は花見の現場の守矢川とは目と鼻の先だ。おそらく桜並木から間を置かずにここで団子を食べていったのだろう。となれば、まだ近くにいる可能性は高い。

「部隊を区画ごとに展開して包囲する。地図を出せ」

「はっ、こちらです！」

甘味処の外には陰陽特務部の部下たちを待機させていた。地図を見ながらこの後の部隊展開を考える。神社の方角と呪符の反応からおおよその位置を推測し、部下たちの動きを指示していく。

そして彰人は単独で嵐花たちを追い始めた。

神刀のサーベルが揺れるのを手で押さえ、先を急ぐ。

胸のなかには様々な感情が駆け巡っていた。

かつて江戸の頃に暴虐の限りを尽くし、今も人々を診療所送りにし、寺の鐘を壊すような悪《あ》しき怪異としての嵐花の姿。一方で『霜月楼』や魚河岸、大衆浴場や女学生たちとの間で見せた、帝都の人々に受け入れられている姿。

果たして、どちらが本物の姿なのだろうか。

いやそんな問いにはおそらく意味はない。

今回、嵐花は内務卿の孫を攫った。これは純然たる悪だ。もはや嵐花を悪しき怪異だと断言していいはずだ。

半ば願うように、そんなことを考えている自分に気づいた。

もしも嵐花が何か邪悪な企《たくら》みで孫を攫ったのだとしたら。

何の言い訳もできない程、真に悪しき怪異であったとしたら。

「……やっと終わりにできる」

呼吸音の間に、小さなつぶやきが混じった。

そうして区画を七つほど抜け、稲荷神社に近づいたところで、ついに追いついた。

赤い鳥居の奥から人影が出てくる。

一つは長い髪をなびかせた、着物姿。見間違えようもない。嵐花だ。

もう一つの人影は隣を歩く、小さな子供。西洋式のシャツに蝶ネクタイをつけており、おかっぱ頭。治安部の報告通りだ。あれが大友寿太郎だろう。

奇妙なことに大友寿太郎は小さな狐を抱いていた。未成熟ながら妖威の気配がする。稲荷神社から出てきたことを考えると、そこを住処としていた怪異だろうか。

「お兄さん、この子、本当に連れてきちゃっていいんですか？」

「本人が一緒に来たいと言っているんだから構わんだろう。そもそも稲荷の狐なんてのは気分屋だからな」

「あのねあのねー、ぼく、もっと遊びたいの。だから一緒にいくー」

鳥居から出てきた一行は、何か話し込んでいる。だが気に留める必要はないと判断し、彰人は走りながらサーベルの柄を握った。一息で鞘《さや》から解き放ち、銀光が閃《ひらめ》く。

直後、嵐花がぴくりと反応し、こちらへ振り向いた。

「来たか。待っていたぞ、彰人！」

鬼火が輝き、その炎のなかから鉄の扇が現れた。金縁で装飾された、やたらと華美な鉄扇だった。嵐花はそれを握り締め、彰人のサーベルを振り向きざまに受け止める。

「団子の代金は払ってくれたろうな⁉」

「ふざけるな！　これ以上、お前の戯れに私を巻き込まないでもらおう！」

白刃と鉄がぶつかり、火花が散った。鍔迫《つばぜ》り合《あ》いの形になり、目前の嵐花を睨《にら》む。

同時に視界の端には大友寿太郎の姿が映った。少年はこちらの方を見て両目を見開き、唇を戦慄《わなな》かせている。

……鬼に連れ回され、よほど恐ろしかったのだろうな。

サーベルの柄を握り締め、彰人は視線を強めた。

「答えろ。お前はどういう意図であの少年を攫った？」

「んー？　はてさて、なぜだと思う？」

「彼がこの国の内務卿の孫だと知ってのことか？」

「あー、何やらそんなことも言っていたなあ」

サーベルと鉄扇越しに彰人の視線が鋭さを増す。

「内務卿の孫とわかった上でのかどわかし、国家転覆でも狙っているということか!?」

「……？　彰人、お前……」

鍔迫り合いをしながら、嵐花が怪訝《けげん》そうに眉を寄せた。

「なぜ笑っている？」

そう言われ、自分の口角がわずかに上がっていることに気づいた。

ああ、そうか。

私は今、笑っているのか……。

ひどく他人事のようにそう思った。

嵐花は大友寿太郎が内務卿の孫だと知っていた。その上でかどわかしを行った。これが人間の犯行であれば、確実に国家反逆罪となる。もはや嵐花を悪しき怪異と断じない理由はない。それがひどく——嬉《うれ》しかった。

第一作戦室で黒峰中将から命を賭した命令を受けた時、自分は逡巡《しゅんじゅん》した。

死にたくはない、という葛藤は確かにあった。

だがなぜだろう。

あの日の夢をみたせいだろうか。

ついに任務を果たす、というこの段になって胸に溢《あふ》れたのは、大きな安堵《あんど》だった。

やっと終われる。

心からそう思った。

「嵐花」

初めて名を呼んだ。

自分が笑みを浮かべていることを自覚し、サーベルの柄を強く握り直す。

「お前に逢《あ》えてよかった」

これで幕を下ろすことができる。

そうして、命を奪う神刀に霊威を込めようとした時だった。

「はあ？」

嵐花が呆《あき》れたように苦々しい顔をした。

「何を気持ちの悪いことを言ってる？　よくわからんが、こっちはこっちで始めさせてもらうぞ。このためにお前をわざわざ呼び寄せたのだからな」

突然、腹部を目掛けて蹴りがきた。彰人は反射的に腕で防御し、同時に後ろへ跳んで威力を半減させる。

その間に嵐花は鉄扇を手のひらで回転させていた。まるで風車のようにまわし、鉄扇の持ち手が――こぎつねを抱いた少年に向けられた。

「ほれ、寿太郎。貸してやる。こいつを使え」

「え？」

無理やり鉄扇を押し付けられ、少年は愕然《がくぜん》とした。

一方、押し付けた方の嵐花はやたらと楽しそうに笑う。

「この鉄扇は昔、伊勢《いせ》のぬらりひょんと勝負して奪ってやった特別製でな。人間の霊威なんぞ簡単に弾いてくれる。こいつを使って――彰人を倒せ」

「う、嘘《うそ》ですよね、お兄さん!?」

無茶な要求をされ、大友寿太郎は震え上がった。

「で、できません！　僕にそんなことできるわけありません！　だ、だってあの人は……あの神宮寺彰人少尉でしょう⁉」

「おう、奴が神宮寺彰人だ。だから倒すぞ。心配するな、俺も手伝ってやる。なあに、二人で掛かれば彰人なんぞ、その辺の野良犬と変わらん」

「変わります！　無理ですよ……っ」

妙な会話が交わされていた。

彰人は油断なくサーベルを構えながら、胸中で首をひねる。

内務卿の孫に私を倒させようとしている？　どういうことだ……？

帝都軍人を負傷させ、将来の内務卿に精神的な傷を負わせようとしているのだろうか。

だがそんな迂遠《うえん》なことを嵐花がするとは思えない。理解に苦しむ状況だった。

ただ、大友寿太郎がこちらに向けている視線は気になった。

怯《おび》え、恐怖、畏怖の類が雰囲気から感じ取れる。自分は帝都中の人々から敬遠されているが、子供からもそうした目を向けられているのだろうか。

大友寿太郎は鉄扇を握り締めたまま動けずにいる。

すると嵐花が口を開いた。少年に抱かれているこぎつねの方へ視線を向けて。

「いいのか？　あいつを倒さないと、その狐《きつね》も斬り殺されてしまうぞ？」

「え……っ」

「ぼ、ぼく、斬られちゃうのー!?」

「ああ、斬られる。ざくざくと斬られて油揚げにされちまうだろうよ」

意地の悪い顔をし、嵐花は続けた。

「なんせ彰人は術者だ。術者ってのは怪異の敵と相場が決まっている。奴らは見境がないからなあ。人形みたいな狐だろうと問答無用で斬って捨てるさ」

「……っ」

「やだやだーっ」

嵐花の言葉に大友寿太郎とこぎつねは真っ青になった。

勝手な物言いではあるが間違いではない。陰陽特務部は帝都に仇《あだ》なす怪異を許さない。ただ見たところ、こぎつねに害意があるとも思えなかった。民衆からの依頼がなければわざわざ斬ろうとは思わない。

しかしこちらの思いをよそに嵐花はさらに言う。どこか試すような口ぶりで。

「せっかくできた友を見捨てるのか?」

びくっと少年の肩が震えた。膝を折り、嵐花は彼へと視線を合わせる。そしてやや芝居掛かった調子で難しい顔をした。

「彰人の奴はそこそこ強い。俺一人では紙一重の差で負けてしまうかもしれん。まあ、本当に紙一重、茶席の懐紙程度の極々薄い紙一重だがな。それぐらい彰人は強い」

「で、でもさっきはその辺の野良犬程度って……っ」

「それは俺とお前が力を合わせた場合の話だ。お前が根性を見せれば彰人は野良犬同然になる」

だから、と嵐花は言葉を重ねる。

「やるぞ。お前のその手で彰人を倒せ。でなければこぎつねは油揚げになる」

「ぼ、僕が……」

大友寿太郎は鉄扇を見つめる。

「僕が頑張らないと、この子が……」

こぎつねのつぶらな瞳と目が合い、少年は唇を噛《か》み締《し》める。だが彼の震えは止まらない。

……茶番だな。

一連の会話を耳にし、彰人はそう判断した。

嵐花の意図は不明だが、内務卿《きょう》の孫に帝都軍人を傷つけるよう唆《そそのか》している。もはや悪しき怪異であることは明白だ。迷う必要はない。

「戯言《たわごと》はそこまでにしてもらおう」

低い声で告げると、嵐花がこちらを向き、大友寿太郎も跳ねるように肩を震わせた。

彰人は霊威を漲《みなぎ》らせながら歩きだす。

「決着の時だ。私は今この場で『千鬼の頭目』を討ち果たす。茶番に付き合うつもりはない」

「くるぞ！　構えろ、寿太郎。隙を見せれば、お前も一瞬で斬られてしまうぞ!?」

「え!?　わ、わ、わ……っ」

嵐花は素手で構えてみせ、檄《げき》を飛ばす。しかし大友寿太郎は見る間に追い詰められた表情になっていった。当然のことだ。サーベルを持った軍人を前にして、子供に立ち向かえという方がどうかしている。しかし鬼である嵐花にはそんなこともわからないのだろう。

「まずは俺が一発入れて動きを止める。その隙に鉄扇であいつを引っ叩《ぱた》け！　おい、聞いてるか？　おい……寿太郎？」

「……ごめんなさい」

「ん？」

「ごめんなさい！　僕はあの人に立ち向かうことなんてできません……っ」

嵐花が目を離した一瞬の隙に大友寿太郎は身を翻した。大粒の涙をこぼし、彰人から逃げるように走りだす。こぎつねを抱き、鉄扇を握り締め、少年はこの場から去っていく。

「なっ!?　寿太郎……!?」

少年が逃げだすとは露ほども思っていなかったのだろう。

呆気《あっけ》に取られた嵐花の声が虚《むな》しく響き渡った。

逃げてしまった。また逃げ出してしまった。

寿太郎は情けなさと罪悪感に圧《お》し潰されながら、それでも足を止められなかった。胸には稲荷神社のこぎつねを抱き、手には鬼のお兄さんに渡された鉄扇を握り締めている。花見の席から逃げ出し、今度はお兄さんのところからも逃げ出して、自分はどれだけ恥を上塗りすれば気が済むのだろう。

目じりから涙が溢れて止まらなかった。情けなくて、情けなくて、堪《たま》らない。

◇◇◇

それでも本物の神宮寺彰人少尉を前にしたら、その場にいることさえできなかった。

あのサーベルで斬られてしまうことを想像したら震えが止まらない。神宮寺彰人少尉は怪異を討つためならどんな犠牲も厭《いと》わないという。鬼のお兄さんと一緒にいた自分など、あっさりと斬り捨てられてしまうはずだ。

相手がただの軍人さんだったら自分もここまでは思わない。

でもあの人は違う。実際に目の当たりにした神宮寺彰人少尉は尋常ではない雰囲気で、鬼気迫る表情をしていた。命など微塵《みじん》も大切にしない人の顔だった。

怖い。ひたすらに怖かった。

立ち向かうことなんて絶対できない。

「ごめんなさい。お兄さん、ごめんなさい……っ」

謝りながら木造家屋の間の路地を走り続ける。しかしいくらもいかないうちに足元の小石に躓《つまず》いてしまった。

「あ……っ」

「わー」

こぎつねが手から離れ、丸まってころころと転がっていく。もふもふの毛並みのおかげで怪我《けが》はなさそうだ。むしろ寿太郎の方が転んで膝を擦りむいてしまった。

「う、うぅ……」

情けなさに痛みが加わり、さらに涙が滲《にじ》んできた。

すると、ふいに頭上から声を掛けられた。

「坊や、大丈夫かい？」

顔を上げると、帝都軍人がいた。無精ひげを生やしていて、襟も閉じていない。だらしのない格好だけど、それでも軍人だ。寿太郎は条件反射で緊張してしまう。

一方、相手はこちらの顔を見て、目を丸くした。

「ありゃ？　ひょっとして君……大友内務卿のお孫さんの寿太郎君か？」

「……はい」

「こりゃ失礼。自分は帝都軍情報部の不破少尉であります」

不破と名乗った軍人は軽い雰囲気で敬礼をした。

「大友内務卿のご依頼により、御身の救出に動いておりました。まあ、自分はのらりくらりしていて今、合流したばかりですがこの通り、怪異対処専門の陰陽特務部も勢揃《せいぞろ》いしています」

不破少尉が手で背後を示す。すると路地の先に軍人の一団がいた。

「現在、この付近を陰陽特務部が包囲しています。なのでもうご安心を」

「包囲……？」

呆然《ぼうぜん》とつぶやく。やってきたのは神宮寺少尉だけではなかったのだ。この辺りはすでに囲まれてしまっている。それも怪異対処専門の陰陽特務部だ。つまり……逃げ場はない。

「あの……」

震えながら寿太郎は尋ねる。軍人は怖い。しかし不破少尉はどこか気が抜けていて軍人らしさがない。おかげでどうにか口を開くことができた。

「どうなってしまいますか……？」

「どうとは？……ああ、御身のことならご心配なく。これから我々が大友邸までお連れします」

「いえ僕じゃなくて、その……お、鬼の……」

「ああ、そうか。寿太郎君は鬼に攫《さら》われたんですよね。ここまで走ってきたってことは神宮寺の奴が『あっちに逃げろ』と指示したんですか？」

違う。自分は勝手に逃げ出しただけだ。しかし不破少尉はそのまま言葉を続ける。

「陰陽特務部は神宮寺の指示で展開してるらしいです。だからこっちに逃げれば安全だと奴はわかってたんでしょう。ま、安心して下さい」

なぜか不破少尉は軍帽の下の目を哀《かな》しそうに細めた。

「鬼は……神宮寺が退治します。ここまできたらもう逃がすことはないでしょう」

「たい……じ……？」

ここにきて、ようやくその可能性に思い至った。

お兄さんは神宮寺少尉のことを強いと認め、自分ひとりでは紙一重の差で負けてしまうかもしれないと言っていた。口調こそ深刻なものには聞こえなかったけれど、神宮寺少尉のあの鬼気迫った表情を思い返すと……背筋が凍りついた。

お兄さんが退治されてしまう……？

まさか。そんなまさか。でも帝都軍は帝都を守る組織で、陰陽特務部は怪異に対処する専門の部署で、神宮寺彰人少尉は何があっても怪異を討つことで有名な人だ。

冷たい汗が頬を流れた。喉がからからに渇いていき、自然に体が震えだす。

すると、ふいに陰陽特務部の軍人の一人が声を上げた。

「なんでしょう、このもふもふした物は……えっ、わっ、狐っ!?」

「──っ」

寿太郎ははっと顔を上げる。

若い軍人がこぎつねを両手で持ち上げていた。その拍子に毛糸玉のような状態から元に戻ったらしく、軍人の表情が強張《こわば》っている。

「この気配は……怪異!? いけない！ 不破少尉殿、御令孫をお願いします！ 我々でこの怪異を封じますので！」

「なんだって？ 神宮寺がいたのになんでまだ怪異なんていやがるんだ!? 了解した！ しっかりやっつけてくれよ!?」

「あの……っ」

寿太郎は駆け寄ろうとしたが、一瞬早く不破少尉の腕に止められてしまった。

「危ないからこっちへ！」

「ま、待って！ その子は違うんです……っ」

軍人たちがお札《ふだ》のようなものを取り出し、こぎつねを取り囲んでいく。

「なあになあに？ ぼくと遊んでくれるのー……ひゃっ!?」

嬉《うれ》しそうに尻尾を振っていたところへ、一枚のお札が貼りつけられた。途端、こぎつねは毛を逆立ててビクンッと震える。

「やだやだ、なにこれ？　こんなのやだーっ！」

こぎつねはイヤイヤをするように首を振った。すると額に貼られたお札が弾《はじ》け飛んだ。それを見て、軍人たちの顔色が変わる。

「呪符を撥《は》ね除《の》けた!?　そこまで強い妖威はなさそうなのに……っ」

「潜在的に強力な力を持った怪異なんじゃないか？」

「ならば重ねがけだ。神宮寺少尉殿の教えを活《い》かすぞ！」

軍人たちが一斉にお札を放った。最初の一、二枚はさっきと同じように弾け飛んだが、どんどんと数が増え、次第にこぎつねがお札まみれになっていく。それと同時に弱りだし、やがてこぎつねは崩れるように地面に伏せてしまった。

「どうして……ぼく、なにもしてないのに。どうしていじめるの？　ひどいよお……」

こぎつねの瞳から大粒の涙がこぼれた。

「……っ」

その瞬間、寿太郎は不破少尉の腕を振り払って駆け出した。視線の先ではお札だらけのこぎつねを軍人が持ち上げようとしている。

「さ、触らないで下さい！」

軍人の手からこぎつねを奪い返した。絶対に渡しちゃいけない。何があっても絶対に。そう思い、寿太郎は全身で庇《かば》うようにこぎつねを抱き締める。

このままだとお兄さんだけでなく、この子まで取り返しのつかないことをされてしまう。怖かった。もう周囲のすべてが怖かった。ぽろぽろと寿太郎の目から涙がこぼれる。

「ごめんね、本当にごめんね……っ」

震えながらこぎつねに何度も何度も謝った。

自分と会わなければ、この子はこんなことにはならなかったのに。神社から連れ出したりしなければ、きっと軍人たちに見つかることもなかったはずなのに。

すると、ふいにこぎつねが頬をぺろりと舐《な》めた。涙が小さな舌でぬぐわれる。

「泣かないで?」

「え……」

温かい毛並みが頬をすり寄せてくる。

「君が泣いちゃうと……ぼく、すごく哀しいの。あのね、今日ね、一緒に遊んでくれてとっても嬉しかった。ぼく、神社でずっと独りぼっちだったから。だから今日はすっごくすっごく楽しかったの。今までで一番楽しかったよ。……だからね、泣かないで？　ぼくは大丈夫だから泣かないで。……ね？」

鼻先をつんとこちらの頬に当て、こぎつねは笑った。

その笑みを見て、胸が張り裂けそうになった。

こぎつねがぬぐってくれた涙がまた溢《あふ》れてくる。でも怖いからじゃない。悔しくて悔しくて、涙が止まらなかった。

これでも僕はまだ逃げるのか……っ。

優しいお兄さんを置き去りにして、小さなこぎつねに慰められて、それでもまだ逃げるっていうのか。

腹の底から強い感情が込み上げてきた。それは全身を駆け巡り、あんなに大きかった恐怖を凌駕《りょうが》していく。

胸のなかに木霊するのは、鬼のお兄さんの言葉。

――せっかくできた友を見捨てるのか？

鉄扇を握った手に力がこもっていく。

……嫌だ。そんなの嫌だ。僕は。僕は……っ。

そうして寿太郎が俯《うつむ》いていると、若い軍人が手を伸ばしてきた。

「その狐《きつね》は怪異です。危ないからこっちに渡して下さい」

言葉は優しいが、相手は軍人だ。今までの寿太郎ならば竦《すく》み上《あ》がっていただろう。

だが、しかし。

「嫌です」

「え？」

「僕は……」

唇を引き締め、寿太郎は勢いよく立ち上がった。

「僕は友達を見捨てたりしない――っ！」

軍人の手を払いのけ、こぎつねを強く抱き締めた。そして居並ぶ軍人たちへ声を張り上げる。

「この子は僕の大事な友達です！　みだりに触れることも、封じることも許しません！」

「えっ、でもその狐は怪異で……」

「無礼者！」

若い軍人へ、凛《りん》と言い放つ。

「僕は内務卿《きょう》・大友史十郎《しじゅうろう》の直系、大友寿太郎。将来の内務卿です！　一軍人如《ごと》きが口答えしていい人間とお思いですか⁉」

「も、申し訳ありません……っ」

若さゆえか、軍人は慌てた様子で謝罪した。

寿太郎はできるだけ背伸びをして胸を張る。

もう怖くなんてない。友達を失うことに比べたら、軍人なんて怖いはずがない。

帝都軍の面々を視線で牽制《けんせい》し、寿太郎はこぎつねに貼られたお札をすべて剝ぎ取っていく。

お札は人間には効かないらしく、少しピリッとしただけですべて破り取ることができた。

「もう大丈夫だからね」

「ほんと？　ぼく、もういじめられたりしない？」

「しないよ」

優しく言い、お日様の匂いがする体をめいっぱい抱き締める。

「怖い思いをさせちゃってごめんね。でももう大丈夫。君は僕が守るから。それに——」

鉄扇を握り締め、彼方《かなた》へ視線を向ける。

「お兄さんのことも退治なんてさせない！」

「うんっ。させないさせなーい！」

「いこう！」

こぎつねが尻尾を振って賛同し、寿太郎は勢いよく駆け出した。

逃げるために走ってきた道を、今度は立ち向かうために走り始める。背中越しに不破少尉が「ちょ、寿太郎君⁉」と慌てていた。しかし止まるつもりなんてない。

必死に足を前に出し、心のなかで呼びかける。

逃げたりしてごめんなさい。だけどすぐにいくから。

待っていて、お兄さん——っ。

◇◇◇

寿太郎の去った方向を見つめ、嵐花は珍しく本気で意気消沈していた。

「この俺としたことが……とんだ失態だ」

視界の端では彰人が静かな殺気を放ってサーベルを構えている。まだ幼い寿太郎に対して、あんなものに立ち向かえというのは、さすがに無理があったのかもしれない。

……やれやれだ。本当に童というものは扱いがわからん。

今日一日、嵐花は寿太郎が彰人と対決できるように画策していた。

甘味処《どころ》のツケも適当な怪異を探していたのもそのためだ。一緒に彰人を蹴散らせば、寿太郎に自信をつけてやれると思っていた。

もちろん本当に彰人を倒すとしたらそこそこ骨が折れるだろうが、そこはこいつも人間だ。隙を見て事情を話せば、彰人も子供のために一芝居打つ程度はするだろう。

……と考えていたのだが。

ところがどっこい、彰人は殺気丸出しでこちらを睨《にら》んでいる。もう過ぎたことだが、子供のための芝居など到底やりそうにない顔だった。

「あー、彰人」

面倒くさい、という空気を一切隠さず、視線を向ける。

「とりあえず得物を一旦下ろせ。今の俺は機嫌が悪い。やり合ったら命はないぞ」

「見当違いな忠告だ」

サーベルを下ろす様子など微塵《みじん》も見せず、彰人は言う。

「お前を斬るということは、すなわち神刀の贄《にえ》になるということ。こうして事を構えている時点で、私に惜しむ命などない」

「馬鹿が」

機嫌の悪さが表に出て、吐き捨てるような物言いになった。

「どうしてお前らはそう簡単に命を捨てる？　二百年前、その神刀を振るった術者もそうだった。自分の命がまるで勘定に入っていない。美味《うま》い酒を呑《の》んだり、美味い飯を食ったり、命が惜しくなることなど山ほどあるだろ。なぜそれがわからん？」

「以前にも言ったはずだ。私は軍からこの神刀でお前を討てと命じられた。ならば命令を遂行する。そこに些《いささ》かの迷いもない」

「嘘《うそ》だな」

苛立《いらだ》ち混じりで言い切った。

長い髪をかき上げ、彰人の冷たい瞳を正面から見据える。

「ならば、なぜ俺の名を呼んだ？」

言わないぞ？」

「なぜ、逢《あ》えてよかった、などと口にした？　下知を遂行するだけの人形はそんなことは

「…………」

「…………」

手を掲げ、赤い炎を迸《ほとばし》らせた。熱を生み、空気を焦がし、赤い炎は鬼火となる。

「素直に吐け。さっきも言ったが、俺は今すこぶる機嫌が悪い。お前の本音が逆鱗《げきりん》に触れれば、本気で相手をしてやるかもしれんぞ？」

鬼火の圧によって風が起こり、嵐花の髪が激しく揺れる。こちらが本気になることは彰人にとっても願ってもないことだろう。予想通り、わずかな沈黙の後に低い声が告げた。

「……我が神宮寺家は怪異に滅ぼされた。生き残っているのは私だけだ」

「ほう？」

興味をそそられた。

「仇《あだ》は討ったのか？」

「討った」

ならば彰人を突き動かしているのは、怪異という存在そのものへの復讐《ふくしゅう》心か。

一族を根絶やしにされ、怪異という存在を憎み、最強最大の怪異である鬼が現れたのをいいことに、持て余した復讐心を満たそうとしている——という話ならばわからないでも

ない。そうした矮小《わいしょう》な必死さが人間の面白いところだ。生真面目さだけが取り柄の不愛想な男かと思っていたが、多少の面白みはありそうだ。正直、少し見直しそうになった。

しかし彰人の言葉は続いた。

「私にはもう何も残っていない。だから……」

切っ先の向こうには空虚な瞳。

「……私はきっとお前で終わらせたいんだ。無為な日々などもういらない。この一刀ですべてを終わらせる」

「……ああ」

落胆の吐息がこぼれた。見直しかけていたところから一転、逆にひどく失望させられた。この男には復讐心などという生々しい感情はもはやない。酒や飯を美味いと感じるはずもなかった。こいつはただ——。

「——死に場所を求めてるんだな、お前は」

腹立たしい。ひどく胸糞《むなくそ》の悪い話だった。ただでさえ悪かった機嫌がさらに悪化し、鬼火が一気に勢いを増した。燃え盛る業火を手にし、嵐花は歩きだす。

「下らん。実に下らん！　他者を死の理由に使うんじゃない。そんな死にざまでお前は満足なのか⁉」

「…………」

迫りくる嵐花に対し、彰人はどこまでも冷静だった。

「満足に決まっている。やっと安寧が訪れるのだから」

神刀に霊威が込められていく気配を感じた。嵐花の赤い炎とは対照的な蒼《あお》い輝きが刀身に灯《とも》りだす。

二百年前にも見た、忌まわしい蒼い炎。

彰人の本気を感じた。そうくるならこっちも容赦してやるつもりはない。

「上等だ。そんなに死にたいのなら頭から焼き尽くしてやろう！」

間合いに入った。感情の赴くまま、嵐花は鬼火を放つために手を突き出す。

数秒後、結末がどうなるかはわかっていた。こんな下らない人間に自分が敗れる道理はない。神刀はこちらに触れることなく、彰人は無残に鬼火に焼かれるだろう。

そして自分はひどく後悔するのだ。感情のままに馬鹿な男を焼いたことをきっとどうしようもなく悔いてしまう。だが止められない。

くそ、なぜこんなことに……っ！

胸中で歯噛《はが》みしながら嵐花はついに鬼火を放とうとした。

だがその直前だった。

声が響いた。まるで暗雲を吹き飛ばすかのような、幼くも力強い声が。

「お兄さーんっ！」

寿太郎だった。蝶《ちょう》ネクタイをした小さな体が路地から駆けてきた。それと同時にこぎつねが勢いよく放り投げられる。

「わーいっ！」

こぎつねは毛糸玉のようになって飛んできて、嵐花の視界を横切った。そしてあろうことか、彰人の顔面にくっつく。

「なっ⁉」

おそらくこちらに集中し過ぎていたのだろう。こぎつねに引っ付かれ、彰人のくぐもった声が響いた。だが呆気《あっけ》に取られたのは嵐花も同じだ。あれだけ怯《おび》えていた寿太郎が、泣きながら逃げ出した子供が、この土壇場で帰ってきたのだから。

「寿太郎、お前……」

「逃げ出してごめんなさい！　でも僕はもう逃げません！」

このわずかな間に一体何があったのだろうか。

寿太郎は鉄扇を握り締め、彰人へと一直線に向かっていく。

「お兄さんを退治なんてさせません！　お兄さんのことは僕が守ります！」

「おいおいおい……っ」

信じられなかった。自分はこの世で最も強い鬼である。他者から守ってやると言われたことなど一度もない。

「男子三日会わざれば、というやつか。ははっ、堪《たま》らんなあ！」

笑みがこぼれる。これだから人間は面白い。驚くべきことだが確かに今、自分は寿太郎に守られたのだろう。

このまま八つ当たりのように彰人へ鬼火を放っていれば、きっと後悔していた。それを寿太郎の横やりが止めてくれたのだ。

陰鬱とした気分はもう吹っ飛んでいた。猛《たけ》っていた鬼火を握り潰して消し、嵐花もまた勢いよく走りだす。

「お前は大物だな、寿太郎！　さあどうする!?　ここから何をする!?」

「みんなで神宮寺少尉をやっつけます！」

「よし、心得た！」

視線の先、彰人はこぎつねを引っぺがしていた。嵐花はそこへ飛び蹴りを叩《たた》き込む。

「く……っ」

こぎつねを宙へ放り投げ、彰人は右手で蹴りを防いだ。しかしそこには鉄扇を持った寿太郎が走り込んでくる。内務卿《きょう》の孫が向かってきていることにようやく気づき、彰人の両目が見開かれた。

「大友寿太郎!?　なぜ……!?」

「鬼のお兄さんを退治させないためです！」

　寿太郎が鉄扇を振り下ろし、彰人はサーベルの柄で辛《かろ》うじて受け止めた。無論、子供の腕力では鉄の扇など扱いきれず、威力はないに等しい。

　だが彰人にとっては寿太郎が向かってくること自体が信じ難《がた》いことらしく、防ぐ動きには動揺があった。

「なぜだ⁉　なぜ鬼に肩入れする⁉　こいつは怪異だぞ。討つべき悪《あ》しき存在だ……っ」

「違います！」

　腰の引けた彰人に対し、寿太郎は力強く踏み込んでいく。

「お兄さんは僕を連れ出してくれた！　僕を心配して、成長させようとしてくれた！　討つべきものでも悪しきものでもありません。怪異は怪異でも鬼のお兄さんは——善い怪異です！」

「——っ」

　まるで氷柱《つらら》でも突き立てられたかのように彰人の体が強張《こわば》った。

「善い怪異だと……？　ならば、ならば私は……っ」

　彰人から戦意が消えた。ここが好機だ。嵐花は飛び蹴りからの着地と同時に妖術で声を飛ばす。そうして彰人だけに聞こえる声で耳打ちをした。

「ここは負けたふりをしろ。ついでにあとから寿太郎を迎えにこい。それが——寿太郎のためになる」

「な……!? なんだと……!?」

彰人は動揺しているがもはや問答無用だ。ここは攻めの流れを緩めず、一気に畳み掛けるのがいい。着物の袖をなびかせ、嵐花は勢いよく踏み出す。

「さあ、とどめだ！ 力を合わせて倒すぞ、寿太郎！」

「はい！」

「ぼくもいるよーっ」

放り投げられていたこぎつねが寿太郎の頭に落ちてきた。頑張れ、と念を送るようにしがみつき、その想《おも》いを受け取って鉄扇が振り上げられる。嵐花も鋭く腕を振り被《かぶ》った。

そして次の瞬間だ。

寿太郎の鉄扇と嵐花の掌底打ちが見事に炸裂《さくれつ》した。

「く……っ!?」

わざと喰《く》らったのか、それとも動揺から避け切れなかったのかはわからない。しかし軍服の体は後方へと吹き飛び、彰人はそのまま地面へ倒れた。

「やった……っ」

寿太郎が目を輝かせた。あれほど恐れていた軍人は仰向けに倒れ、一方、こちらは全員傷一つなく堂々と立っている。

決着がついた。

喜びを嚙《か》み締《し》めるように鉄扇がぎゅっと握り締められる。

鬼と狐《きつね》の力を借り、ついに少年は——恐るべき軍人に勝利したのだ。


時刻は夕方。

嵐花たちは彰人を打ち倒した後、再び守矢川へと戻ってきていた。

水面《みなも》の上を花びらが流れていく。見上げた先には、満開の桜の花。そこへ夕日が差し込み、鮮やかな彩りが生まれていた。

嵐花は寿太郎と共に川べりに座り込み、ゆったりとした川の流れを眺めている。これで美味《うま》い酒があったら、文字通りの勝利の美酒というやつだ。しかし寿太郎がまだ子供ゆえ、もう少し我慢しなくてはならない。

「何度思い返しても見事な勝利だったな。どうだ、寿太郎？　あの彰人をぶっ飛ばしたんだ。もう帝都軍人なんぞ恐れるに足りんだろう？」

「はいっ。もう何も怖くありません。鬼のお兄さんのおかげです」

「はっはっは、わかればいい。末代まで感謝していいぞ」

寿太郎から返された鉄扇を広げ、喜色満面で扇ぎながら呵々《かか》大笑。実にいい気分だ。

意味がわかっているのかいないのか、寿太郎の腕のなかのこぎつねも「かんしゃ、かんしゃー」と尻尾を振っている。

流れていく花びらを見ながら、そのまましばらく益体《やくたい》もない話をした。帝都で一番美味い店はどこか、嵐花と寿太郎のどっちがコマ回しが上手《うま》いか、このこぎつねは油揚げを食べるのか、桜が散るのはいつ頃か。

そんな話をしているうちに夕日が地平線の向こうへと沈み始めた。

西の空はまだ明るい。しかし東の空はゆっくりと夜へと変わり始めている。すると水面を見つめたまま、寿太郎が静かな声で言った。

「お兄さん、僕のお願いを叶《かな》えてくれるって言ってましたよね」

「ああ、言ったな。鬼に二言はない。なんだって叶えてやるぞ。帝都軍を壊滅させてもいいし、国を滅ぼしてやってもいい」

「僕は……」

ふわり、と柔らかな風が吹いた。

無数の花びらが軽やかに空へと舞っていく。

「家に帰りたいです」

強く決意するように言い、少年は立ち上がった。

「お兄さんのおかげで勇気が湧いてきました。今ならちゃんと正しいことができるような気がします。だから家に帰って、お祖父様《じい》やお父様にお花見の席から逃げ出したことを謝りたいです。そしてたくさん勉強をして、たくさん世の中を見て、僕はいつかこの国を背負えるような立派な内務卿になります。だから家に帰ります。それが……僕が叶えてほしいお願いです」

花びらの風のなかで少年は言い切った。

迷いのない、真っ直《ます》ぐな言葉だった。

「そうか」

唇に淡い笑みを浮かべ、嵐花もまた立ち上がる。

「見上げた心意気だ。その願い、叶えてやろう」

寿太郎が願ったのは家に帰ることだけ。

祖父や父に謝ることも、この国の頂点に立つことも、すべて自分の力で叶えると言っている。伝説の鬼を前にしてここまでの啖呵《たんか》が切れるのならば、もう言うことはない。

「もうすぐ俺の用意した迎えがくる。そいつについていけ。必ず家に送り届けてくれる」

美しい夕焼けを眺め、嵐花は目を細めた。

「俺が手を引いてやれるのはここまでだな」

その言葉を聞き、寿太郎はわずかに目を伏せた。

「……もうお兄さんに会うことはできませんか？」

「江戸の頃と違い、この国は怪異を排除する方向を目指しているようだからな。総大将になろうとしているお前が俺といては何かと不都合があるだろう」

無造作に手を伸ばし、寿太郎が抱いているこぎつねの首根っこを摑《つか》む。

「こいつも俺が連れていく」

「あ……」

「えー、ぼくもー？」

こぎつねは不服そうだった。しかしどうすることが寿太郎のためになるかは本能的にわかるのだろう。親猫に咥《くわ》えられた子猫のようにぶらんと脱力し、やがてこぎつねは嵐花の腕へと収まった。

温かな毛並みの感触が消えて、淋《さみ》しさの実感が湧いてきてしまったのか、寿太郎は一瞬泣きそうになった。だがもう出逢《であ》った時のような大泣きはしない。ぐしぐしと瞼《まぶた》を擦り、毅然《きぜん》と顔を上げる。

「お世話になりました！」

「ああ、しっかりやれよ」

「本当に……あり、ありが……っ」

堪えようとしているが、寿太郎の声が上擦った。嵐花は頭をくしゃっと撫《な》でてやる。

「泣くな泣くな。総大将に涙は似合わんぞ」

「はい……っ」

寿太郎は必死に唇を嚙み締めた。その顔を見て、嵐花は笑みを浮かべる。

「達者でな」

そう言い、軽やかに背中を向けた。

こぎつねが着物の袖にくるまりながら顔を出し、小さな前脚を振る。途端、また寿太郎がしゃくり上げる声が聞こえてきた。

だから嵐花は足を止めた。

桜の花びらが雨のように降り注ぐなか、何気なくつぶやく。

「帝都の真ん中辺りに『霜月楼』という店がある」

夕焼けがきらきらと水面を輝かせていた。

また柔らかな風が吹き、嵐花の長い髪を揺らしていく。

「俺が知る限り、帝都で最も美味い酒を出す店だ。店主の名は霜月平八という。寿太郎、お前は大物になる。いずれ天下を取ったら、平八に良くしてやってくれ。そして――」

肩越しに振り向き、夕日のなかで嵐花は鮮やかに微笑《ほほえ》んだ。

「お前が大人になったらこっそりと『霜月楼』で一杯やろう。その時は俺が奢《おご》ってやる」

「……っ」

寿太郎の目が喜びに見開かれていく。そして少年は勢いよく頷《うなず》いた。

「はいっ、必ず……っ！　約束ですっ。僕、ずっと覚えていますから！」

「ああ、約束だ」

泣き笑いの表情で寿太郎は手を振った。ぽろぽろと涙をこぼしながら、嬉《うれ》しそうに笑っている。それでいい。喜びの涙は総大将にもよく映える。後ろ手に手を振り、今度こそ嵐花は歩きだす。

ふと見れば、桜並木の向こうから軍服姿の人影が歩いてくるのが見えた。彰人だ。掌底と鉄扇で吹っ飛ばしたが別段、傷を負っている様子はない。きちんと受け身を取ったようだ。言いつけ通り、迎えにきたと見える。これで寿太郎の願いも叶うだろう。

嵐花は心から満足し、彰人とは逆の方向へ進む。桜の下を歩いていると、腕のなかからスンスンと泣く声が聞こえてきた。こぎつねが尻尾をだらんと下げて泣いている。

「さみしいよー……」

その言葉を聞き、嵐花は眉尻を下げる。彰人からは見えないように前髪で表情を隠し、とても小さく苦笑した。そしてこぎつねにだけ聞こえる声でそっと囁《ささや》く。

「……ああ、俺もだ」

夕日が地平線の彼方《かなた》へ消え、守矢川の桜並木は夜桜へと姿を変え始めていた。

同じように季節は巡り、時代も変わる。人の心もそうだ。これから寿太郎は多くのことを学んでいく。大人になった頃、今と同じように怪異を受け入れられる人間になっているかはわからない。帝都を背負うような重責に就くのならば尚更《なおさら》だ。

だとしてもこの約束には意味がある。

いつか大人になり、寿太郎がまた困難にぶつかって立ち止まった時。

この約束がきっと思い出させてくれるだろう。

遠い春の日に頼もしい味方がいたことを。

たとえその時、今とは違う道を歩んでいたとしても、その記憶は寿太郎をまた立ち上がらせるはずだ。

「……まったく、童の面倒をみるのは骨が折れるな」

だがたまにはこんな日があってもいいだろう。

嵐花は鼻歌を口ずさみながら夜桜の下を歩いていく。


しかし今日という日はまだ終わってはいなかった。

やがて歴史に刻まれる『帝都大火』。

人間の術者が扱う式神・火蛇《かしゃ》によって街が火の海となり、嵐花もまたその騒動に巻き込まれるのは、この後――わずか一刻半後のことである。

第四章　揺籃《ようらん》の終わり、帝都劇場にて

太陽が沈み、帝都に夜が訪れた。

点消方《てんしょうかた》の職人たちが点火棒を持ち、ガス灯に一つずつ明かりを点《とも》していく。そうして帝都《ていと》大橋通《おおはしどお》りの両端に光の列が生まれ、西洋式の煉瓦《れんが》の街並みが照らされていく。

その景色のなかを彰人《あきひと》は無言で歩いていた。

脳裏に去来するのは日中に投げかけられた、大友寿太郎《おおともじゅたろう》と嵐花《らんか》の言葉。

年端もいかない少年は彰人に立ち向かい、言い放った。

鬼のお兄さんは善い怪異です、と。

その討つべき伝説の鬼はまるで彼を慮《おもんぱか》るように囁《ささや》いた。

負けたふりをしろ。あとから迎えにこい。それが寿太郎のためになる、と。

思い返す度、胸がかき乱される。

善い怪異。善良な怪異。人間のことを……導こうとする怪異。

そんなものが存在するのなら。

嵐花がそうしたものであるのなら。

……私はこの神刀《しんとう》をどこに向ければいい？

任務を与えられて以降、初めて腰のサーベルに重みを感じた。

「…………」

掌底と鉄扇の直撃を受けたが、あの程度、受け身を取るなど造作もなかった。そもそも嵐花の掌底はこちらを吹き飛ばすことだけを目的としていて、殺傷力はないに等しかった。子供である大友寿太郎の鉄扇など尚更だ。

しかし地面に倒れた彰人はしばらく起き上がることができなかった。理由は先の二人の言葉である。それは直接的な攻撃よりもずっと強く、彰人の胸をこれでもかと軋《きし》ませた。

嵐花が悪《あ》しきものでないのならば、討つための大義が失われる。命を贄《にえ》とし、神刀を使うことは許されない。

……私はまだ終わることができないのか。

そう考えると暗闇に沈み込むような錯覚を覚えた。帝都の通りはガス灯で明るくなっているというのに、自分だけが夜のなかに取り残されているような感覚がある。

あの時、『死に場所を求めてるんだな、お前は』と嵐花は言った。

その言葉はおそらく正しい。今回、嵐花と対峙《たいじ》して自分の心根に気づいた。

神宮寺《じんぐうじ》彰人は人生の幕引きを求めている。

この長過ぎる無為な日々を終わらせたかった。『千鬼《せんき》の頭目《とうもく》』を討つという大義のなかでならそれが許されると思った。しかし……大友寿太郎は嵐花のことを悪しき怪異ではないという。

「…………」

ほんの三十分前、まだ夕日が残っていた頃のこと。

彰人は嵐花の反応を追って守矢川《もりやがわ》を訪れた。あの鬼は大友寿太郎との別れを済ませたようだった。自身がそばにいては彼のためにならないと理解しているのかもしれない。正しい判断だ。その正しさがまた彰人を苦しめる。

嵐花は大友寿太郎のもとから去っていき、彰人はそれを黙って見送った。サーベルを抜くことも、呪符を放つこともできなかった。

川べりまでいって大友寿太郎に声を掛け、自分が大友邸まで送り届けると話すと、彼は驚くほどあっさりと了承した。

帝都軍からは『内務卿《きょう》の孫・大友寿太郎の救出』の命令を受けている。異論を挟む余地もなく、ただ従えばいい命令があることは今の彰人にとって救いだった。鉄扇で打ち据えられたことなど無論、遺恨には思わない。

今、大友寿太郎はガス灯の明かりに満たされた帝都大橋通りで、彰人の後ろをついてきている。

本来ならば軍用車で早急に送り届けるべきだろう。しかし彰人は徒歩でいくことを選んだ。陰陽特務部《おんみょうとくむぶ》の部下たち、そして不破《ふわ》も現在は屯所《とんしょ》で待機させている。

ここにいるのは彰人と大友寿太郎だけだ。

彼から話を聞きたかった。

ただ、守矢川からここに至るまで会話はまったくない。どう切り出せばいいか、わからなかった。そもそも何を聞きたいかということもまとまっていない。

考えてみれば神宮寺家が滅びてからというもの、会話の相手は軍関係者や任務絡みばかりで、私事で他者と話すことなどほとんどない。

自分は口下手なのかもしれない、と今さらになって気づいた。

そうして、もう半里も歩けば大友邸にたどり着くという段になって、半歩後ろにいる大友寿太郎がふいに口を開いた。

「乱暴なことをして申し訳ありませんでした」

一瞬、なんのことを言われたのかわからなかったが、すぐに鉄扇の件だと理解した。

内務卿の孫であることを考慮し、それ相応の言葉遣いで応じる。

「構いません。自分は帝都軍人ですので、あの程度では傷一つ負いません」

「…………」

すぐには返事がこなかった。大友寿太郎は後ろを歩いているため、表情も見えない。答え方を間違えただろうか、と一抹の不安が過ぎる。

「僕は……あなたのことが怖かったんです」

ぽつりとこぼれるような声が背中越しに響いた。

「失礼ながら神宮寺少尉の噂《うわさ》は子供たちの間で有名です」

「ああ……」

それは理解できる。帝都では自分の悪名は知れ渡っている。怪異を斬るためならば人間も斬るだとか、かなりの言われようだったはずだ。任務に支障があるわけでもないので放置していたが、子供たちの間の噂となれば、やはり尚《なお》のこと悪名が高かったのだろう。

「僕は……たぶん誰でも良かったのだと思います。神宮寺少尉でなくても他の将校の方やなんなら新政府の方々でも良かった。僕は将来への不安を少尉に背負わせて怖がっていたんです。偉大な祖父と父のもとに生まれ、果たして自分は立派にやっていけるのか……その不安を少尉に無理やり投影していたのだと思います。だから申し訳ありませんでした」

見当違いな謝罪だ。彼の不安の象徴にされることによって、自分はなんの損もしていない。しかし同時にふと気づいた。大友寿太郎の雰囲気が幼い子供とは思えない程、しっかりとしていることを。それは将来の内務卿という大器を確かに感じさせるものだった。

元からそうした子供だったのだろうか。

もしくは……嵐花と出逢《であ》ったことで成長したのか。

また胸のなかに淀《よど》みや葛藤が溢《あふ》れそうになる。すると大友寿太郎が足並みを速め、隣に並んだ。

「神宮寺少尉は陰陽特務部なのですよね？」

「相違ありませんが、それが何か？」

「ならば、いつか僕らは政敵になるかもしれませんね」

静かだが、芯の通った言葉だった。

少なからず驚きを覚えて視線を向けると、大友寿太郎は真っ直《ま》ぐ《す》に前だけを見つめていた。ガス灯に照らされていても帝都の夜はまだまだ暗い。しかし少年の瞳はその先をしかと見定めているようだった。

「僕は将来、この国を背負います。その時、大々的にあやかしを肯定することはできないかもしれません。だけど、すべてのあやかしを否定することなどしたくないのです」

「……陰陽特務部は帝都から怪異を一掃することを目的にしています」

「はい、だから政敵になります」

表向き、帝都軍が新政府の政に関わることはない。しかし大友家の花見に将校たちが招かれていることからもわかる通り、裏側では相互に影響を及ぼし合っている。

彰人は帝都軍のなかでは周囲から出世頭と目されているため、いずれ時が経《た》てば目に見える形で意見がぶつかる日が来るかもしれない——と大友寿太郎は考えているのだろう。

「僕は負けません。そしてもう決して逃げません。立ち向かうことの大切さを鬼のお兄さんが教えてくれたから」

「…………」

子供の小さな決意、と評するにはあまりに力強い言葉だった。彰人は少なからず動揺している自分に気づいた。これが嵐花によってもたらされた変化なのだとしたら……一人の人間に多大なる成長を促したことになる。

「君にとって奴は……」

無意識に尋ねようとしていた。しかし最後まで口にすることはできなかった。折悪く、大友邸に到着してしまったからだ。

煉瓦造りの料亭や商店が並ぶ一角からはやや離れた、昔ながらの日本屋敷《やしき》。広い敷地を土塀が囲い、屋根付きの正門は現在、内側に開かれている。

正門の先には帝都軍が待機していた。治安部の面々だろう。大友邸から借り受けたらしき松明《たいまつ》の他、最新式の電気灯も使って明かりを点《つ》け、屋敷前の庭に陣取っている。

この大友邸を孫捜索の本部にしているのだ。『千鬼の頭目』が犯人ということで最初の緊急連絡は陰陽特務部へもたらされたが、内務卿絡みとあっては治安部も黙っているわけにはいかない。万が一の備えという名目で兵を配備しているのだろう。

大友寿太郎への問いかけを中断し、彰人は彼と並んで正門をくぐった。

途端、治安部の兵たちが一斉にざわめいた。同時にほっと安堵《あんど》したような空気が辺りに流れる。彰人は近くにいた兵へ声を掛けた。

「陰陽特務部の神宮寺彰人少尉だ。内務卿の御令孫《ごれいそん》、大友寿太郎氏をお連れした。捜索本部の指揮官はどなたか？」

「はっ、当部隊は現在、臨時で黒峰《くろみね》中将閣下の指揮下にあります！　ご案内します。どうぞこちらへ」

本来、治安部は海軍出身の小島《こじま》中将の部隊である。ただ今回は怪異による人攫《ひとさら》いであるため、管轄としては彰人の上官である黒峰中将が指揮するのが道理だ。しかし内務卿絡みで治安部が出動しないわけにはいかないので、折衷案として黒峰中将が一時的に治安部を預かることになったのだろう。

兵に案内され、軍用車や照明器具、その他の帝都軍が持ち込んだ設備の合間を縫って庭を進んだ。すると邸宅の入口前に天幕が設置され、指揮所が作られていた。そこには口髭《くちひげ》を蓄えた黒峰中将の他、大友寿太郎の祖父と父らしき和装の人物たちがいた。

「ご両人、どうぞご安心下さい。私の部下が今頃、犯人の鬼を討ち倒し、御令孫を無事にお救いしているはずです。もう間もなく、もう間もなく吉報が訪れるに違いありません。大船に乗ったつもりでいて下さって結構！　間違いなく大丈夫です！」

黒峰中将が演説でもするかのようにそう言い、太鼓判を押していた。ひょっとすると指揮所が設置されてからずっとこう言い続けていたのかもしれない。

大友寿太郎の祖父と父は厳《いか》めしい顔つきで、中将の言葉を聞き流している様子である。

だがそこへ孫の声が響き渡った。

「お祖父様《じぃ》！　お父様……っ！」

隣にいた大友寿太郎が駆け出した。途端に祖父と父の表情が様変わりする。

「おお、寿太郎……っ」

「無事だったか！」

親子三代の再会が目の前で果たされ、中将も飛び上がらんばかりに喜んだ。

「なんとなんと！　どうですか、私の言った通りだったでしょう？　これが帝都軍・陰陽特務部の力です。ご苦労だったな、神宮寺少尉。さすが私が目を掛けている部下だ」

こちらに気づき、中将が威厳を見せるように労《ねぎら》いの言葉を掛けてきた。不破がいれば『どの口が言うんですかね、まったく』とでも愚痴をこぼしたかもしれない。彰人は黙って敬礼するに止《とど》めた。

視線の先では大友寿太郎が祖父と父に対し、何か謝罪めいたようなことを口にしている。

両者はそれを厳粛な面持ちで聞き、やがて許しの言葉を口にしたようだった。

そうしてひとしきり孫の無事を確認すると、大友内務卿がこちらを向いた。

仙人のような白く長い髭《ひげ》を伸ばしているが、眼光は野生の獣のように鋭い。年齢はおそらく七十を過ぎているはずだ。しかしそうとは思えない気迫があった。

「君が神宮寺少尉か。噂は聞いている。孫が世話になった」

「いえ、任務ですので」

彰人が短く答えると、内務卿《きょう》は眉尻を下げ、やや表情を緩める。

「神宮寺家のことは残念だったな。私も君の祖父とは旧知の仲だった。つくづく惜しい男を亡くしたと思う」

「それは……痛み入ります」

神宮寺家は帝都軍設立の立役者である。亡き祖父と内務卿が面識を持っているのは不自然なことではない。しかし思いもよらず血縁の話をされ、やや面食らった。

傍らの孫の頭を撫《な》で、大友内務卿はさらに言う。

「神宮寺少尉、君のことは以前から気になっていた。何か困ったことがあれば、いつでも我が大友家を頼りなさい。孫を救ってくれたことを含めて、必ず力になろう」

「…………」

しばしの間、返答に迷った。

自分は『千鬼の頭目』討伐の任務を受けている。これは命と引き換えの役目だ。軍人として任務を全うすれば、内務卿を頼るような機会は永久に訪れない。黒峰中将の手前、どう返事をしていいものか。

だがその沈黙を中将は別の意味に受け取ったらしい。慌てた様子で割って入ってくる。

「神宮寺少尉、御令孫を救出したのはいいが、『千鬼の頭目』はどうした？　大友内務卿の御令孫をかどわかした鬼をまさか野放しにはしておるまいな？」

彰人がこうして無事でいるということは、まだ嵐花を討つことができずにいる証左だ。中将は手のひらを返し、内務卿の前でこちらの株を下げることにしたらしい。

不破も言っていたが、中将は彰人の出世を恐れている。もしも大友家が後ろ盾にでもなろうものならば、中将にとってこれほど恐ろしいことはない。その必死さは無理からぬことだった。

たとえばありのままを報告すれば、中将は満足するに違いない。自分は『千鬼の頭目』に打ち倒され、あの鬼は現在も悠々と帝都を闊歩《かっぽ》しています、と言えば丸く収まる。そうした返答をすることに忌避感はない。

よって中将の狙い通りの言葉を念頭に置き、口を開きかける。

だがその時、大友寿太郎と目が合った。

「…………」

少年は何も言わない。ただこちらの胸の内を見透かそうとするように、じっと見つめてきている。その眼差《まなざ》しに心をかき乱された。淀みや葛藤がまた胸の内でない混ぜになり、気づけばこの場に最もそぐわない言葉が出ていた。

「あの鬼は……本当に討つべきものなのでしょうか？」

「なんだと？」

部下からの思いもよらぬ言葉に中将は目を見開く。直後、大友内務卿の声色が詰問するようなものに様変わりした。

「神宮寺少尉、それはどういう意味だね？」

「も、申し訳ありません！　少尉、お前は何を言っている!?　内務卿の御令孫をかどわかした怪異だぞ!?　これを討たずに何を討つというのだ!?」

中将が顔を青くして責め立ててきた。一方、大友寿太郎は祖父の隣で驚いたように目を丸くしていた。

……これで私と君が政敵になることはないな？

珍しく冗談めいたことを胸の内で思い、彰人は内務卿に向かって敬礼する。

「お耳汚し、失礼致しました。自分は陰陽特務部の任務に戻ります」

そう言って、一方的に背を向けた。中将が「お、おい、少尉……っ」と慌てふためくなか、彰人は指揮所を後にする。

無論、大友寿太郎と将来の政敵になることを避けようとしてあんなことを言ったのではない。しかし自分の感情が整理できているわけでもなかった。なぜ、あのようなことを言ってしまったのか。戸惑いが静かな苛立《いらだ》ちに変わっていく。

治安部の兵たちの間を抜け、大友邸の正門をくぐると、背後から黒峰中将が追いかけてきた。

「神宮寺、貴様……止まれ！　止まらんか！」

肩を摑《つか》んで無理やりに引き留められた。

「儂《わし》の顔に泥を塗りおって……どういうつもりだ!?　内務卿の前で戯言《たわごと》を言い、儂と心中でも図ろうというのか!?」

「…………」

わずかの間、言葉の意味を測りかねて眉をひそめた。だがすぐに中将が言わんとしていることに気づき、多少申し訳ない気持ちになった。

黒峰中将は彰人の直属の上官である。彰人の失言は中将の失言だ。内務卿からの信用は彰人と共に失墜してしまったことだろう。しかし素直に詫《わ》びる気持ちにもなれなかった。胸のなかの苛立ちが勝手に口を動かしてしまう。

「私は思ったことを述べたまでです」

「なんだと？」

「あの鬼は確かに迷惑極まりない騒動を起こします。しかしその一方で……決して少なくない帝都の民に受け入れられている。あれは……本当に陰陽特務部が討つべき、悪《あ》しき怪異なのでしょうか」

「貴様……鬼に魅せられたか!?」

「そうではありません」

見当違いな詰問をされ、苛立ちが増していく。問いたいのは帝都軍としての大義の有無だ。

「文献には『千鬼の頭目』がかつてこの地を壊滅させかけた、と記されています。確かにあの鬼にはそうしたことを起こしそうな危うさがある。だが私が見てきたあの鬼は……」

話しながら『……ああ、そうだ』と気づいた。

文献にはかつての『千鬼の頭目』の暴虐が記されていて、この帝都でもそれが繰り返されてしまう、と自分は危惧していた。だからこそ、迷いなく神刀を手にできた。

だが果たして嵐花は現在のこの帝都を壊滅させるだろうか。そんなことをすれば霜月平《しもつきへい》八《はち》や大友寿太郎が不幸になる。魚河岸や大衆浴場で会った者たち、花魁《おいらん》道中のように連れ歩いた女学生たちも同様だ。

あの鬼がそんな選択をするとは……思えない。まったく思えなかった。

ならば陰陽特務部が『千鬼の頭目』を討つ大義とは一体なんなのか。

「ご教示願いたい、中将閣下。我々は如何《いか》なる大義を以《もっ》て奴と相対すれば宜《よろ》しいのですか。それさえお教え頂けたなら……」

縋《すが》るような感情が声に混じる。

「……私は喜んで死ぬことができるのです」

これまでの嵐花の行動は報告書によって、すべて中将の耳にも入っている。今日の大友寿太郎の件だけはその限りではないが、判断材料としては十分なはずだ。

これは帝都軍の部下としての切実な訴えである。

もしもこの瞬間、中将が『迷う必要はない。怪異は悪だ。鬼を討って死ね』と言ってくれたならば、いっそ救われたような気持ちで命令に従うことができたはずだ。

しかしそうはならなかった。中将は茹《ゆ》で蛸《だこ》のような顔で怒りを発露する。

「わけのわからんことをぐだぐだと……っ。煙《けむ》に巻《ま》くようなことを言って、やはり貴様、儂を今の地位から引きずり下ろす魂胆なのだな!?」

「…………」

ああ、伝わらなかった。

苛立ちが冷たい諦観に変わっていく。胸の内が諦めによって冷えていくのを感じた。

今この瞬間、神宮寺彰人のなかで帝都軍人としての大義は失われた。完膚なきまでに失われてしまったのだ。

「これ以上の問答は不要かと。失礼致します」

「勝手を言うな。まだ話は終わっておらんぞ!?」

背中を向けようとして再度、肩を掴まれた。しかし彰人はその手を振り払う。

「な……っ」

これまで任務には忠実だった彰人がこうした行動を取るとは予想外だったのだろう。中将は呆気《あっけ》に取られたように動きを止め、その間に彰人は歩きだす。

もう振り返ることはなく、夜のなかへと紛れるように大友邸を後にした。


そうしてどれくらい歩いただろうか。

すでに点消方の姿はなく、帝都の主要な通りはガス灯の明かりに満たされている。その輝きのなかを彰人はひたすらに歩いていた。

鉄道馬車のレールと並行して進み、三階建ての帝都新聞社の前を横切り、外国人技術者が建設した帝都大橋を渡っていく。

指先には小さな霊威《れいい》の光を灯《とも》していた。この光は今、嵐花の着物に忍ばせた呪符と呼応している。その反応をたどって、やがてたどり着いたのは帝都劇場。

西洋の宮殿を模した建築で、円屋根《まるやね》に三つの尖塔《せんとう》がつき、高い時計塔が併設されている。この帝都劇場は芝居文化の最先端を担い、帝都で最も美しいとされる建物だ。

現在は帝都三座のいずれかが公演期間中なのだろう。劇場の二階からは何枚もの垂れ幕が下がっていた。ただすでに公演時間は過ぎているらしく、劇場の周囲に人影はない。

ただひとり、派手な着物姿の鬼を除いては。

「来たな、死にたがり。待ちくたびれたぞ」

帝都劇場の正面玄関前には長い大階段がある。手すりは新雪のように白く、階段部分は赤絨毯《じゅうたん》を模して真紅に彩られている。帝都のなかでも評判の名所だ。

その中程に見目麗しい鬼が座り込んでいた。劇場の看板役者でもこれほど絵にはならないだろう。真紅の階段で宝石のような瞳を細め、嵐花はこちらを見下ろしている。

「寿太郎と共にやり合っている間、お前はずっと狐《きつね》に抓《つま》まれたような顔をしていたからな。事が済んだら俺のところに来るだろうと思っていた。しかし運が良かったな。そろそろ待ちくたびれて、どこぞへ呑《の》みにいこうかと思案していたところだ。お前が仕掛けたこいつを握り潰してな」

その言葉と同時に、着物の懐から米粒ほどの小ささの紙片が取り出された。

彰人が仕掛けていた呪符の欠片《かけら》である。どうやら気づいていたらしい。大友寿太郎のことを迎えにこい、と言っていた辺りからそうだろうとは思っていた。

嵐花は小さな鬼火を出して、呪符の切れ端を焼き払う。

「お前はやたらとそこかしこに現れるからな。何か術を仕込んでいるのだろうとは思っていた。まあ、たまに相手をしてやる分にはいいかと放っておいたが、それももういいだろう。さすがに飽きた」

鬼火を消すと、嵐花はふっと息を吐き、呪符の消し炭を風に散らす。

「寿太郎は無事に家に帰ったか？　俺が聞きたいのはそれだけだ。そのためだけにこうしてわざわざ待ち構えていてやったんだ。とっとと答えろ」

「…………」

別段、答えてやる義理はない。しかし隠し立てするようなことでもなかった。彰人は感情の少ない声で答える。

「彼は大友邸に送り届けた。祖父と父に何か謝罪のようなものをしていたが……許された様子だった」

「そうか」

どこか感慨深げに嵐花は頷《うなず》いた。その眼差しに深い情のようなものを感じ、また胸がざわついた。

「お前は……」

硬い声で問う。

「お前は一体、なんなんだ？」

この問いをするために嵐花のもとまでやってきた。胸の内で渦巻くものをもう留《とど》めておくことができない。もはや煩悶《はんもん》の原因に直接ぶつけるより他なかった。

「あん？」

自分の膝に肘をつき、嵐花は頬杖《ほおづえ》をつく。

「なんだとはなんだ？　俺は俺だ。それ以上でも以下でもない。無論、そこらの怪異や人間以上ではあるがな」

「『千鬼の頭目』は……っ！」

ふいに自分でも驚くほどの大声が出た。感情の発露に伴って拳を握り締め、大階段の下から言葉を放つ。

「『千鬼の頭目』はかつて江戸《えど》の町を攻め立てた！　前任の術者がこの神刀で斬り倒し、その暴挙を防いだが、そうでなければ現在の帝都は存在していたかすらわからない！　お前は伝承に語り継がれた悪鬼だろう⁉　ならば、ならばなぜ……それほどまでに人に寄り添う⁉　お前はなんだ⁉　善なのか、悪なのか、はっきりしろ……っ！」

悲痛な叫びのような問いかけが夜闇のなかに木霊した。

返す言葉は大階段の方から、呆《あき》れたようなため息と共に告げられる。

「何を言うかと思えば……善悪だと？　阿呆《あほう》か、お前は」

伝説の鬼は高みから指を突きつける。

「お前ら人間だって善も悪もなく、一緒くただろうが。善人が悪事をなすこともあれば、悪人が善行をなすこともある。そこにはなんの矛盾もない。俺は気に入った奴は助けてやるし、気に入らん奴は消し飛ばす。それだけだ。たとえ相手が人間だろうと、怪異だろうとな」

すると嵐花の肩に乗るようにして、狐が背後から顔を出した。守矢町《もりやちょう》で大友寿太郎と共にいた、怪異のこぎつねだ。

「そうだよ、鬼さんは助けてくれるよー。あのねあのね、鬼さんね、ぼくの新しいおウチを見つけてくれるって。いいでしょー？」

「……いやお前は今関係ない。出てくるな」

勢いを削《そ》がれ、嵐花は軽く肩を落とす。こぎつねは構わず肩で尻尾を振っていた。

「えー」

「えーじゃない。……まあ、寿太郎から引き剝がした手前、放っておくのも気が引けるからな。遊び相手に困らん程度の住処《すみか》は見つけてやるというだけの話だ。わかったら引っ込んでいろ」

首根っこを摑んで嵐花が階段に下ろすと、こぎつねはのんびりと伸びをする。

人間や怪異の区別なく、助ける時は助ける。その主張を証明するような光景だった。だが彰人が欲している答えはそんなものではない。

嵐花から視線を離さず、ゆっくりとサーベルの柄に手を掛ける。

「それはつまり……お前の機嫌一つで、今度はこの帝都を滅ぼす可能性があるということか？」

蠟燭《ろうそく》の灯火のような、ほんのわずかな期待が胸に湧いた。

この問いに嵐花が頷いたなら、それは命を投げ打つに値する大義になる。だが返ってきたのは頷きではなく、盛大な舌打ちだった。

「その目をやめろ。死に場所を求める目で俺を見るな。虫唾《むしず》が走る」

まったく、と嵐花は雑に頭をかく。

「神刀の持ち手というのは本当に変わらんな。前回の二百年前の術者といい、なんでそう面倒な形で俺に関わろうとする？　こっちは堪《たま》ったもんじゃないぞ。……はあ、是非もない。なあ、彰人よ」

大階段から向けられたのは、ひどく気だるげな眼差《まなざ》し。

「……一度でも俺はお前に言ったか？　この俺が二百年前に江戸を壊滅させようとした、などと」

「なんだと？」

思いもよらない言葉に体が無意識に強張《こわば》った。

嵐花は皮肉げに口の端をつり上げ、腰を浮かす。足元のこぎつねが場所を明け渡し、大階段の踏み板に立った。長い髪が夜風に乗って舞い、美しい鬼は夜空を見上げる。

「そもそも鬼というものは群をなさん。己こそが強く、己こそが至上と思っている輩《やから》ばかりだからな。無論、この俺は最も強く美しいが、他の鬼共も同じように考えているわけだ。だから千匹の鬼を従える『千鬼の頭目』などというものはそもそも存在せん」

『千鬼の頭目』が存在しない……？」

眉を寄せ、同時に彰人は気づいた。この鬼は自らを『嵐花』と名乗ったが、一度も自分のことを『千鬼の頭目』だと自称したことはない。

「当時はちょうど江戸文化が花開いた頃でな。酒や芝居、浮世絵や江戸前料理などこの地は活気に溢《あふ》れていた。だが日の光が強くなれば、影もまた濃くなっていく。人間の文化が栄えれば、怪異たちもまた力をつけていく。あちこちから怪異が江戸を目指してきて、当時の術者連中はそれを称して『鬼』と言ったわけだ」

「お前が率いていたわけではないと言うのか……!?」

確かに現在の帝都でも人々は『人ならざるモノ』を『怪異』と言ったり、『あやかし』と言ったり、呼び方は様々だ。江戸の術者たちが民衆に伝わりやすいように怪異を『鬼』と称したとしても違和感はない。しかしだからと言って納得ができるものではなかった。

「ならばなぜ、前任の術者はお前を斬った!?」

「逆にお前はなぜ、俺を斬ろうとしている？」

「……っ」

「そういうことだ」

嵐花は夜空からこちらへと視線を下ろす。

「俺ほど強大な怪異は目立つからな。千匹もの怪異がやってきて、俺を頭目だと勘違いしったのだろう。一応、色々と説明はしてやったんだが、二百年前の術者は聞く耳をもたなかった。今のお前と同じようにな」

「それは…… いや待て、それでは……っ」

仮に嵐花の話を信じるとしたら、まったく別の問題が生じてくる。伝承の『千鬼の頭目』が存在しないとして、千匹もの怪異がやってきたことで当時の術者たちが頭目を嵐花だと誤解したのだとしたら。

嵐花は——無実の罪によって封印されたことになる。

「お前はそれを承服《しょうふく》できるのか……!?」

「ん？ ああ、なるほどな」

今気がついた、という顔で嵐花は鼻の頭をかく。

「まあ、確かに酒も飯もないのは頭にきたが……俺はお前らと違って長命だ。実際のところ二百年程度、どうということはない。それよりも……」

ふいに表情が曇った——と思ったのも束《つか》の間《ま》、夜風によって髪が乱れ、嵐花の顔を覆い隠した。

目元は見えない。

そのなかでぽつりとつぶやきがこぼれてきた。

「……死に急ぐような馬鹿を止めてやれなかったのが、どうにもな……まあ、心残りだ」

一瞬、『誰のことだ？』と眉を寄せ、髪の間から嵐花が神刀を見ていることに気づいた。神刀を持ち、死に急いでいた者。止められることなく、死に至った者。該当する者は一人しかいない。

「前任の術者のことか」

彰人がつぶやいた途端、嵐花は乱雑に髪をかき上げた。そして淀《よど》んだ空気を払うように口の端をつり上げる。

「嘘《うそ》だ」

「は？」

「今俺が言ったことはすべて嘘だ。はは、騙《だま》されたな！　生真面目なお前なら鵜呑《うの》みにするだろうと思っていたぞ！」

嵐花はこちらを小馬鹿にするように大笑いする。

しかし彰人はどうにも飲み込めない。とてもではないが嘘を言われたとは思えず、怒りよりも戸惑いの方が先に立った。どちらかと言えば、嵐花は心情を吐露し過ぎたことを恥じ、誤魔化そうとしているように見える。

「話を逸《そ》らすな。お前の心残りとは前任の術者を死なせたことか？」

「うるさい、黙れ」

取り付く島もなく言い、嵐花は勢いよく右手を掲げた。

途端、虚空から膨大な炎が生まれ、周囲の空気を巻き込んで膨らんでいく。巻き込む勢いが強過ぎて、大階段付近に嵐のような烈風が吹くほどだった。

帝都劇場の垂れ幕が大きく翻《ひるがえ》り、街路樹から無数の葉が飛び散っていく。辺り一帯を焼け野原にしかねない勢いの鬼火だった。彰人は軍帽を押さえつつ、声を張り上げる。

「やめろ！　劇場を焼き払うつもりか!?」

「お前はそうして欲しいのだろう？」

急激に巨大化していく鬼火を掲げ、嵐花は皮肉たっぷりに言う。

「俺が帝都に害を及ぼせば、お前が神刀を使う理由になる。ほれ、ここがお前の死に場所だぞ？　せっかく寿太郎に免じて堪えてやったというのに、お前は本当に馬鹿だな。自ら俺の逆鱗《げきりん》に触れるとは、本当に救いようがない」

「何が逆鱗だ！　勝手に口を滑らせたのはお前の方だろう!?　そんなに過去の後悔を知られたのが恥ずかしいのか？」

「あー、うるさいうるさい。本当に焼くぞ!?」

「焼くな！　鬼火を放つというのなら神刀を抜くぞ!?」

「だから抜けと言っとるだろうが！　死に場所が欲しいなら一人で勝手に逝け！」

「ふざけるな、こんな間の抜けたやり取りで命を捨てられるものか！」

互いに危険極まりない鬼火と神刀を構えつつ、子供のような言い合いになった。

両者の間ではこぎつねが踏み板で丸まり、ふぁ……と暢気《のんき》にあくびをしている。

――と、その時だった。

彰人の後方、帝都劇場へと延びる道の先に人影が現れた。

怒り心頭に発して駆けてきたことがわかるほどに呼吸が荒く、目も血走っている。普段、まともに訓練をしていないせいか、脂ぎった頰には大量の汗が流れていた。

「ここにいたか、神宮寺彰人……っ！」

現れたのは黒峰中将だった。ぜえぜえと息を切らせながら彰人を凝視し、中将は大階段の嵐花と巨大な鬼火にも目を向ける。

「あれが『千鬼の頭目』か……っ。ふん、ぐだぐだとお題目にこだわっていたわりに討伐しようとしていたわけか。だがもう遅いぞ」

「黒峰中将……？」

彰人は眉を寄せた。中将から只《ただ》ならぬ殺気のようなものを感じたからだ。

「貴様のせいで儂《わし》の面目は丸潰れだ。料亭の小判を掠《かす》め取《と》ったことに始まり、今度は事もあろうに内務卿《きょう》の前で恥をかかせおって……もう勘弁ならん！」

そう叫び、懐から蛇腹折《じゃばらお》りの経典のようなものが取り出された。それを放り投げるように広げ、中将は壮絶な笑みを浮かべる。

「『千鬼の頭目』はこの儂が討つ！」

経典に霊威が込められたかと思うと、そこから常識外の妖威《ようい》が噴き出した。彰人は反射的に身構え、嵐花も「なんだ?」と表情が変わる。それほどの妖威だった。

「ははっ、驚いたか！　これぞ我が黒峰家秘蔵の式神、二百年前に『鬼』と称された千匹の怪異が一つ、火蛇《かしゃ》だ！」

経典が燃え上がり、とぐろを巻いた炎の渦が噴き上がる。その業火は周囲の建物よりも高く舞い上がり、炎のなかには巨大な蛇の姿が見えた。まさしく『火の蛇』の名に相応《ふさわ》しい怪異だった。

「馬鹿な……っ」

いくつもの驚きが彰人を混乱させる。

火蛇は東日本一帯に多く見られる蛇の怪異だ。鱗《うろこ》から火を出して火事を起こし、その炎を見た人間たちの恐怖を喰《く》らって成長する。火がある限り、どこまでも強大になっていくので、帝都の外の地方では火蛇を『繁栄《はんえい》の象徴』として祀《まつ》るような風習もある。

その性質上、火事場に現れると、火蛇は急速に成長してしまう。だが火元も無しにこれほど巨大になった火蛇は彰人も見たことがない。

陰陽特務部を統括する黒峰中将は当然ながら霊威の才覚を有している。しかし彰人が知る限り、彼は決して優れた力を持っているわけではない。通常の訓練すら何年も行っていなかったはずだ。

だというのにこれほどの怪異を繰り出せたのは本人の言う通り、黒峰家秘蔵の式神ということなのだろう。

式神とは調伏術によって屈服させ、術者の思いのままに使役できるようになった怪異のことである。本来は術者個人が有するものだが、火蛇は黒峰家の血筋に仕えるように特殊な術を施されたようだ。二百年前の黒峰家には相当な実力を持った術者がいたに違いない。

しかし彰人の心中を最も揺さぶったのは、火蛇ではなかった。中将が発した言葉だ。

……二百年前に『鬼』と称された千匹の怪異が一つ、だと？

それは奇《く》しくも先程の嵐花の話と合致する言葉だった。

中将は燃える式神を頭上に頂き、両手を広げて哄笑《こうしょう》を上げている。

「どうだ、この威容！　この凄《すさ》まじい妖威！　こいつはかつて二百年前の術者が古《いにしえ》の怪異共を弱らせた後、黒峰家が総力を挙げて屈服させたものだ。どうだ、これだけの力があればもはや神刀も必要ない。我が火蛇だけで『千鬼の頭目』を討ち取れる！」

以前、第一作戦室で中将は『神刀こそが鬼を討つ鍵だ』と言った。それは神刀が生み出す浄炎《じょうえん》があらゆる怪異を弱らせるからである。

だがすべてを圧倒するほどの力があるならば、そもそも神刀を用いる必要はない。火蛇はまるで龍のように雄々しく夜空を舞い、無数の火の粉を散らしている。中将が溢れんばかりの自信を抱いても無理からぬことだった。

燃える式神が空を揺蕩《たゆた》うなか、中将は鬼気迫った表情を浮かべる。

「いいか、神宮寺彰人。貴様に神刀を与えたのは体よく殉じてもらうためだ。鬼を討って死んだのならば、儂も墓前に名誉をくれてやるつもりだった。しかし貴様は調子に乗り過ぎた。──鬼と共に地獄へ落ちるがいい！」

「……っ」

「やれ、火蛇よ！　この不届き者と『千鬼の頭目』を焼き払え！」

まさか自分まで標的にされるとは予想だにしていなかった。それでも陰陽特務部の訓練の賜物《たまもの》か、自然に体が動き、彰人は呪符を取り出して構えようとする。

だがしかし、火蛇は一向に動こうとはしなかった。

不審に思っていると、ふいに大階段の方で嵐花が口を開いた。興醒《きょうざ》めしたかのように鬼火を消し、他人事の口調でつぶやく。

「……ああ、火の鱗の蛇か。二百年前にもいたな。俺と同じで炎を使う怪異だからよく覚えている。しかしあいつは人間に使役できるような玉じゃないぞ？　心穏やかな俺と違って気性が荒い奴だ。あんな狸親父《たぬきおやじ》では制御できんだろう」

直後、火蛇が咆哮《ほうこう》を上げた。

地を這《は》うようにうねって空中を移動し、嵐花の頭上を跳び越すと、あろうことか火蛇は帝都劇場の建物へと巻き付いた。その全身は炎に覆われているため、瞬く間に火が燃え移り、西洋の宮殿のような劇場が見る見る燃え上がっていく。

中将と彰人はその様子を目の当たりにし、愕然《がくぜん》とした。

「な、なんだ？　火蛇、なぜ言うことを聞かん!?　やめろ、帝都劇場を燃やすな。儂の責任問題になる！　敵はあの二人だ。言うことを聞け！」

「式神として使役できていないのか……っ」

炎は凄まじい勢いで燃え盛り、劇場二階の垂れ幕が焼け落ちていく。このままでは周囲の建物に燃え移るのも時間の問題だ。彰人は中将へと声を張り上げる。

「これまで黒峰家で火蛇を使役した実績は!?」

「そ、それは……っ。……ない。二百年前に式神の法を掛けて、ずっと封じたきりだった。しかし黒峰家当主の儂なら当然使役できるだろうと……」

「く……っ」

どうやら嵐花の言った通り、人間が使役できる類の怪異ではなかったようだ。帝都劇場に巻き付いているのは火事を起こして周囲の人間を脅かし、その恐怖を喰らって成長するためだろう。

狙い通りと言うべきか、付近の建物から次々に人が出てきていた。この辺りは住宅こそないが、繁華街なので商家が多くある。住み込みの商人たちは家から出ると、空を見上げて、皆一様に悲鳴を上げた。

「ば、化物……っ」

「劇場が燃えてる！　大火事になるぞ……!?」

「逃げなきゃ！　みんな焼き殺されちまうよ……っ！」

怒号と悲鳴が上がり、その度に火蛇の妖威が高まっていくのを感じた。部下たちがいればば民衆の避難誘導をさせることもできただろう。しかし今ここには彰人しかいない。たった一人で避難の指示をしたところで焼け石に水だ。ならばこの場における最善は――。

「仕留めるしかない……っ」

短く息を吐き、彰人は駆け出した。他の建物に火が移る前に、そして帝都の民に被害が出てしまわないうちに、最短最速で火蛇を討つ。それが今、彰人にできる最善だった。

しかし敵はあまりに強大である。二百年前の怪異というだけあって、嵐花に勝るとも劣らない妖威だった。それに加えてあの巨体、あの炎。帝都随一の術者である神宮寺彰人をもってしても敵《かな》うかどうかわからない。だが敗北は許されなかった。それは多くの民の死を意味する。

「……ああ」

ふいに小さな気づきが胸に灯《とも》った。

ひょっとすると……今なのだろうか。

命を懸け、帝都に仇《あだ》なす怪異を討つ。その瞬間が訪れたのだろうか。神刀は担い手の命を奪うが、代わりに放たれる浄炎はすべての怪異を弱らせる。火蛇に叩《たた》き込むことができれば、部下たちでも討伐することができるだろう。もしくは弱ったところを黒峰中将が再度封じてくれてもいい。

……そうだ。ああ、そうだ。

目の前には帝都劇場の大階段。彰人は赤絨毯《じゅうたん》を模した真紅の階段を駆け上がっていく。

胸には不思議な高揚感が湧き上がっていた。

「今こそ私は……っ！」

高ぶる気持ちに従い、勢いよくサーベルを引き抜いた。

階段の中程には嵐花が立っていたが、もはや目に入らない。彰人は真《ま》っ直《す》ぐに階段を上り、すれ違う寸前、嵐花がぽつりとつぶやいた。

「まったく、本当にいつの時代も……神刀の持ち手という奴は」

彰人は正面玄関に到達し、燃え上がる帝都劇場とそこに巻きつく火蛇を見上げる。

「古《いにしえ》の神刀よ！　ここに我が命を捧《ささ》げる。今こそ、その神代の力を現したまえ……っ！」

霊威を込めると、祈りに呼応するように刀身へ蒼《あお》い光が輝き始めた。同時に凄まじい勢いで霊威が吸われていき、命が奪われるの感じた。だが忌避するような気持ちはない。

これでいい。

これで——終われる。

彰人はサーベルを構えた。神刀はこちらの意志に応えている。次の一撃は間違いなく火蛇へと届くだろう。

しかし突如、状況が急変した。

火蛇が甲高く咆哮したかと思うと、全身の鱗が剝がれ落ち、火の雨となって周囲に降り注いだのだ。

「なに……!?」

帝都軍人の性《さが》だろうか。彰人は自らの頭上ではなく、反射的に街の方へ視線を向けた。そこには逃げ遅れた民たちがいる。黒峰中将が混乱に乗じてこの場から離れようとしている様子も見えた。当事者としてあるまじき姿だが、そんなことはもはやどうでもいい。

石畳の地面は割れ、ガス灯は砕け、火の雨が帝都の人々に迫ろうとしている。

「させるものか!!」

渾身《こんしん》の力で呪符を放った。霊威を込めた呪符は空中で無数に分裂し、民衆の頭上の火の雨を打ち砕いていく。ただの一つも打ち漏らすわけにはいかない。強い意志が鱗を一掃していく。

しかしそれが災いした。

彰人は民衆を守ることに注力し、自らの頭上を気に懸けることができなかった。軍靴の足元に大きな影が落ちる。

「……っ⁉」

ようやく危機に気づき、宙を見上げて目を見開いた。

火の雨が彰人へと迫っていた。まるで噴火による火山弾のようだ。視界を覆い尽くすほどの炎の塊が凄まじい速度で落ちてくる。回避は間に合わない。

──死ぬ、とわかった。

たとえば呪符や神刀を使えば、対処することはできただろう。だがそのための霊威は民衆の防御に割いている。自分を守ろうとすれば、人々を見捨てなくてはならない。そのような選択肢は神宮寺彰人という人間には存在しない。

ゆえに愕然と見つめることしかできなかった。

無情にも降り注いでくる、火の雨を。

これが私の終わりなのか……。

何倍にも引き延ばされたような一瞬のなかで、絶望が胸に押し寄せた。

自分がずっと望んでいたものは、こんな終わり方ではない。ただ死にたいだけならば、とうに首を縊《くく》っている。そうではなく、怪異を討つという公明正大な大義のもとに散りたかったのだ。

大義のもとの死でなければ、神宮寺家の者たちが生きてきた意味が失われてしまう。末代たる自分が最後に大義を果たさなくては、彼らが本当にただ滅びただけの者たちになってしまう。

駄目だ。こんなところで散るのは違う……っ。

初めて胸の内に恐怖が生まれた。

そのせいだろうか。

ふいに走馬灯のように幼少期のことが思い出された。

忘れもしない、神宮寺家が滅びた日のこと。

帳《とばり》のような夜空の下、あの日の屋敷《やしき》にも火の手が上がっていた。大勢の悲鳴が木霊し、家の者たちが逃げ惑っていた。怪異が迫り、幼少の彰人は必死に廊下を駆ける。

『誰か……』

『誰か……っ』

目じりに涙が浮かび、脳裏のなかの彰人は嗚咽《おえつ》をこぼす。

あの時、神刀があったなら、浄炎という蒼い炎が怪異を一掃してくれたかもしれない。そうすれば助かる者もいたかもしれない。自分はきっと命を捨てて神刀を振るっていただろう。

でも、そうはならなかった。

神刀はなく、救いも訪れなかった。

悲劇はいつも容易《たやす》く彰人を飲み込んでいく。あの日も、今この時も。

火の雨がついに眼前へとたどり着いた。忸怩《じくじ》たる思いに彰人の表情が歪《ゆが》む。

「……っ」

避けられない終わりを迎え、軍服の胸中で幼い頃の彰人が叫ぶ。

必死に祈るように、誰か、と。

誰か。誰か。誰か。誰か。誰か、誰か、誰か。

『誰か助けて……っ！』

そして。

次の瞬間だった。

「——馬鹿め。こんなところで死ぬ奴があるか」

突如、真横から炎が迸《ほとばし》った。それは劇場の正面玄関を横切るように駆け抜け、火の雨を飴《あめ》細工のように容易く溶かしていく。

炎の色は、澄み渡る空のような蒼。

帝都の術者たちが浄炎と呼ぶ炎だった。

「な……」

どうしようもなく間の抜けた声がこぼれた。今の浄炎は彰人が放ったものではない。神刀はまだ力を解き放ってはいなかった。

蒼い炎が過ぎ去った余韻で風が起こり、彰人の軍帽を天高く飛ばしていく。前髪が揺れ、浄炎がやってきた方向を見た。そして彰人は言葉を失う。

「……っ」

嵐花が手を掲げていた。

まるで鬼火を放った後のように五指を開き、髪をなびかせている。

「なぜ……お前が浄炎を……」

呆気《あっけ》に取られる彰人に対し、嵐花は不機嫌そうに言う。

「浄炎とは清めの炎。逸脱したモノたちを自然へと還《かえ》す力だ。それは何も神刀だけのものではない。神代に迫る者であれば、いずれ手にする力だ。当然、俺は遥《はる》か昔から会得している。俺は最も強く、最も美しい、『鬼神』と呼ばれるに足る怪異だからな」

着物の袖を一振りすると、また指先に蒼い炎が生まれた。いつの間にか嵐花はこちらと同じく帝都劇場の正面玄関に立っており、肩で風を切って近づいてくる。

一方、彰人は啞然《あぜん》とするしかない。

「遥か昔から浄炎を会得していた……？」

「ああ。だからあの日も言ってやったのだ。その忌々しい神刀の持ち主にな。『江戸に攻めてきた千匹の怪異は俺が追い払ってやる。だから徒《いたずら》に命を捨てるな』と」

嵐花はわずかに奥歯を嚙《か》む。

「だが奴は聞く耳を持たなかった。俺のことを神刀で斬り、事もあろうにそこで息絶えやがった。江戸の色んな連中から慕われていたくせに……犬死にもいいとこだ」

「ま、待て。それでは……っ」

嵐花が浄炎を扱えることはわかった。この目で見てしまった以上、疑う余地はない。だが二百年前の術者が嵐花を斬り、そこで息絶えたというのはおかしい。

伝承では前任の術者は『千鬼の頭目』と千匹の『鬼』を浄炎によって討伐している。嵐花の言う通りならば、話が繋《つな》がらない。

「それでは千匹もの怪異は一体誰が……っ」

ふん、と嵐花はつまらなそうに鼻を鳴らした。

蒼い炎の灯った右手を無造作に振り、事も無げに言う。

「江戸の町はお人好《ひとよ》しばっかりでな。神社の連中は勝手に酒を取っても文句を言わんし、長屋の連中とはその酒でよく宴会をした。飛脚とは駆け競《くら》べをしてしょっちゅう負かしてやったし、絵師に俺の浮世絵を描かせたこともある。……言ったろう？　俺は気に入った奴は助けてやる」

「まさかお前が千匹の鬼を討伐したのか……!?」

伝承には『千鬼の頭目』が江戸を攻め、前任の術者が浄炎によってそれらに対処したとあった。しかし現実には『千鬼の頭目』などという怪異はおらず、死した術者の代わりに嵐花が千匹の『鬼』を討った……ということらしい。

「ならば私がお前を追っていた意味は……」

伝承の『千鬼の頭目』が危険な怪異だからこそ、彰人は陰陽特務部として追い続けてきたのだ。しかし嵐花は江戸を攻めたのではなく、むしろ守ったのだという。もはや大義などどこにもない。

「まったくだ。ありもしない罪で付きまとわれて、こっちはいい迷惑だぞ」

嵐花が目の前に到達した。浄炎の灯《とも》っていない方の手を振り上げたかと思うと、こちらの軍服の胸を叩いてくる。はっきりと刻むように。

「俺は無駄に死のうとする馬鹿が嫌いだ。お前のことは会った時から本当に気に食わん」

思えば、帝都軍本部で最初に邂逅《かいこう》した時、嵐花は命を懸ける覚悟を問うてきた。そして彰人が任務に従うだけだと答えると、途端に興味を失《な》くしていた。

守矢町で対峙《たいじ》した時もそうだ。再び同じ問いかけをし、彰人が死に場所を求めているのだと気づいた途端、激昂《げきこう》して本気の鬼火を放とうとしてきた。

「お前なんぞ、本来ならとっとと消し炭にしてやるところだ。ただまあ……」

前髪で表情が隠れた。嵐花はふいっと顔を逸《そ》らし、小声でつぶやく。

「今度は助けてやれた。だから良しとしよう」

「――っ」

ああ、そうか……。

驚くべきことが続いたせいで失念していた。

自分は今、嵐花に助けられたのだ。

幼い頃、祈るように願っていた救いの手が現れた。それは決して清廉潔白なものではなく、勝手気ままで傍若無人で、呆《あき》れるほどに身勝手な手だったが、しかしそこから放たれた蒼《あお》い炎は確かに彰人を救ってみせた。

小さく息をはき、宙を見上げる。

頭上には帝都劇場の建物があり、そこへ巻きつく火蛇の姿があった。怪異の大蛇は動きを止め、陶酔するように身を震わせている。周囲に漂う民衆の恐怖を喰《く》らっているのだろう。地獄のような景色のなか、彰人はつぶやくように言った。

「……礼を言う」

「ほう？」

嵐花はすでに彰人の前を通り過ぎていた。帝都劇場の正面玄関をまるで舞台のように端から端まで移動し、着物の肩越しに振り向いてくる。

「死にたがりのくせに命を救われたことを感謝するのか？」

「そうだな……」

妙な気分だった。

ずっと無為な日々を過ごしてきた。終わりが来る日を待ち望んでいた。

しかしいざ迫ってきた最期は自分が願っていたものとはまったく別の形をしていて、心はそれを拒んだ。脳裏には幼い頃の自分が浮かび、『助けて』と泣いて——まるであの日の涙をぬぐうように、蒼い炎によって救われてしまった。

今、気持ちは凪《な》いでいた。

何を望めばいいのか、わからない。

再び意味ある最期を求めるのか、それとも新たな人生の歩みを夢想するのか、一体何が正しいのだろう。

「私は……これからどうすればいい？」

「人間のくせに鬼に生き方を問うのか？　なんとも酔狂なことだな」

もっともだ。自分でもどうかしていると思う。しかし着物の肩を竦《すく》め、嵐花は言った。

「お前は孤独に蝕《むしば》まれ過ぎている」

確信のこもった口ぶりだった。

「もっとまわりに目を向けろ。俺でなくとも、日々のなかでお前に手を差し伸べる誰かはいたはずだ。それに気づけば、もっと早く肩の力が抜けていただろう」

……手を差し伸べる誰か、か。

真っ先に脳裏に浮かんだのは、無精ひげのだらしない男。死に向かおうとする自分を不破は何度も止めようとしてくれた。その言葉に真摯に向き合っていれば、確かにもっと早く何かが変わっていたのかもしれない。

「……機会があれば、酒にでも誘ってみるか」

「いいじゃないか！　そうだそうだ、その意気だぞっ」

酒という言葉が出た途端、にわかに嵐花が前のめりになった。

「お前を誘うとは言っていないが……」

「馬鹿な!?　命を救ってやったろうが!?　ここは酒の一斗《いっと》や二斗《にと》、気前よく奢《おご》るべきだと思わんのか!?」

「まず単位がおかしいとは思わないのか？」

一斗は一升の十倍だ。一体、どれほど呑《の》むというのか。

「くっ、ケチくさい奴め……っ」

本気で残念そうに嵐花は愚痴をこぼす。そしてゆっくりと大階段の手すりに頬杖《ほおづえ》をつくと、こちらへ視線を向けてきた。

「お前の家は怪異に滅ぼされたんだったな？」

他人の古傷に触れるにはあまりに気楽な口調だった。

「そのせいでお前にはもう何も残っていない」

蒼い炎の灯った指先を気安く向けてくる。

「だから死に場所を探している、という話だったが……」

ふいに嵐花はあらぬ方向に目を向けた。

「何もない、ということはなさそうだぞ？」

「なに……？」

嵐花が右手を一振りすると、蒼い炎が宙を舞った。それは天高く飛んでいき、火蛇の鼻先で花火のように弾《はじ》ける。火事場の炎だけで照らされていた帝都の夜が、蒼の光によってわずかの間、明るさを取り戻した。

そうして垣間《かいま》見えたのは、通りの向こうに避難した民衆たちの姿。彼らは物陰に隠れて帝都劇場の方角を窺《うかが》っていたが、浄炎の光によってにわかに色めき立った。

「劇場の入口のところ……っ。あの軍人さん、やっぱりそうだよ！」

「そうだ、神宮寺彰人少尉だ。きっとあの人が火の雨から助けてくれたんだ。おっかない人だって噂《うわさ》だったが、あんなでかい怪異を倒してくれるのはあの人しかいない」

「が、頑張れ、少尉さん！　どうか頑張って……っ！」

一人がそう言い出したことを皮切りに民衆たちが一斉に声援を送ってきた。無数の声が折り重なって、帝都の夜に響き渡る。

彰人は射竦《いすく》められたように固まってしまった。今までどのような現場でも周囲から遠巻きにされてきた。それでいいと思っていた。こんなふうに声援を送られた例《ため》しなどない。

「俺は人間たちと違って耳がいい。さっきから奴らの声が聞こえていた」

嵐花は大階段の手すりにもたれる。

「勝手なものだな。普段はお前にあんな声は掛けてこないのだろう？　それが窮地になった途端、こうも必死に声援を送ってくる。人間共は本当にどうしようもない。だがこういうどうしようもなさが俺は案外嫌いじゃない。生きようともがく姿は何者であっても美しい。平八も、寿太郎も、あいつらもな」

唇にはほのかな笑みが浮かんでいる。

民衆たちを見つめる瞳は意外なほど優しげだった。

嵐花は夜風に長い髪をなびかせ、透き通るような声で言葉を紡いだ。

「人間の一生など所詮は玉響《たまゆら》、鬼の俺からすれば一瞬に過ぎん。だがそれゆえ面白おかしく酔わせてくれる」

空の上の蒼い炎が消えていく。再び夜が帳《とばり》を下ろし、辺りを照らすのは劇場を燃やす炎だけ。民衆たちの姿が見えなくなっていき、彰人は大きな疑問を口にする。

「なぜ……私に声援を？　なぜこんな私に……」

「守ってきたからだろう？」

当然、と言いたげな口ぶりに視線を向ける。嵐花は頬杖をついて笑っていた。

「お前はずっと帝都を守ってきた。その姿を奴らはずっと見てきた。お前にとってはさぞかし無為な日々だったろうが、その手が成してきたものには意味があったということだ。

奴らの声が証明している」

もう民衆たちの姿は見えない。だが彰人を応援する声は今も響いていた。

私が成してきたこと……？

ただ淡々と任務を全うしてきただけだ。気概も感慨もなく、歯車のようにこなしてきたに過ぎない。だからこそ、空虚な使命感だけの無意味な日々だと思っていた。眩暈《めまい》を覚えるほどに長い長い無為な時間だと思っていた。

それでも声は響き続ける。

今もこの耳に届いている。

嵐花の言う通り、民衆たちの期待は勝手なものなのかもしれない。だが耳を塞ぐことはできなかった。

体の芯に熱が灯っていくのを感じた。

表情を隠そうにも軍帽は浄炎に飛ばされてしまっている。真紅の大階段の上、彰人は夜風に顔を晒《さら》して唇を噛《か》んだ。

去来する想《おも》いは、たった一つ。

「……ありがたい」

目頭が熱くなった。

長年の歩みに意味を与えてもらった気がした。

無駄ではなかった。今日までの日々はすべて無駄ではなかったのだ。

「私は……」

もう空虚ではない。空っぽだった使命感に確かな中身が宿っていく。

唇を震わせ、心の底から思った。

「私は帝都の人々を守りたい……っ」

その瞬間、強い風が吹いた。

前髪が揺れ、彰人はサーベルを握り締めて天を振り仰ぐ。氷のような瞳に強い意志が宿っていた。迷いは朝露のように消え去った。ならばあとは成すべきことを成すだけだ。

自分は帝都軍の陰陽特務部なのだから。

「火蛇を討つ！　浄炎による助力を求む！」

「ほう？　術者が鬼に助けを求めていいのか？」

「構わん」

響き続ける声援のなか、彰人は間髪を容《い》れず頷《うなず》く。

「人々を助けるためならば、怪異に助力を求めることはなんら恥ではない」

「なるほど」

手すりから肘を離し、嵐花が見定めるような視線を向けてくる。

「死にたがりはここまでか？」

「ここまでだ」

懐から呪符を取り出し、頭上の火蛇を鋭く見据える。

「我が命ある限り、人々の声に応え続ける。それがこれからの私の人生だ」

「よし！」

パンッと手を打ち鳴らし、嵐花は顔いっぱいの笑みを浮かべる。

「気に入った。俺も一肌脱いでやろう！」

颯爽《さっそう》と着物の袖を振り、嵐花もまた頭上を睨《にら》む。

そうして――帝都一の術者と伝説の鬼は同じ方向へ目を向けた。

彰人は呪符とサーベルを構え、嵐花は両手に蒼い炎を宿す。

「派手にいくぞ。上手《うま》く合わせろよ、彰人！」

言うが早いか、嵐花は高く跳躍し、火蛇の尻尾へ浄炎を炸裂《さくれつ》させる。

「久しぶりだな、火の鱗《うろこ》の蛇よ！　また俺にやられるとは難儀な奴だ！」

嵐花に気づいたのか、それとも単純に尻尾への一撃が気に障ったのか。火蛇は甲高く鳴くと大きく蠢《うごめ》き、劇場の正面玄関へと頭から突っ込んできた。

「……っ！」

面食らったのは彰人である。いきなり火蛇を挑発するとはどういうことか。しかも階段の中程にはまだこぎつねがいる。彰人は即座に駆け下り、こぎつねの首根っこを摑《つか》み上げた。

「はれー？」

「大人しくしていろ！」

霊威を込めて一息で跳躍。その直後、火蛇が突撃し、正面玄関と大階段は木《こ》っ端微塵《ぱみじん》に砕け散った。

「もう少し考えて動けないのか⁉」

「んー？　上手く合わせろと言ったろ？」

「物には限度がある！」

だがおかげで火蛇が地面まで下りてきた。彰人はこぎつねを小脇に抱え、呪符を放つ。霊威を込められた呪符は光を帯び、一瞬で数百数千という数に増えていく。それらは瞬く間に火蛇の全身を囲うような量になり、夜天の星々のように強烈に輝いた。

着地と共に彰人は印を結ぶ。

「展開！」

呪符の群が一瞬にして精緻な隊列を組んだ。火蛇を捕えんとする、光の檻《おり》が組み上げられる。

「捕縛！」

その一言で檻が瞬時に収斂《しゅうれん》した。『白鶴屋《しらつるや》』で鉄鼠《てっそ》を捕えたのと同じ術だ。いかなる怪

異も彰人のこの捕縛法から逃れた例しはない。だがしかし、

「彰人、油断するな！」

嵐花が忠告した直後、火蛇の全身が炎を噴いた。あっと言う間に呪符が焼き尽くされてしまう。

「く……っ」

まさかこの量の呪符が一瞬で焼かれてしまうとは。やはりとてつもない怪異だ。並大抵の術では通用しない。炎が間近に迫り、彰人は距離を取ろうとする。その時、嵐花が空中から叫んだ。

「奴の頭に神刀を突き立てろ！」

「頭にだと!?」

しかし火蛇は全身から炎を放っている。馬鹿正直に向かっていけば、業火に焼かれるだけだ。躊躇《ちゅうちょ》した直後、抱えているこぎつねが口を開いた。

「だいじょーぶっ。鬼のお兄さん、優しいよ。信じてあげて！」

「……っ。また善い怪異という話か。やむを得ん！」

清水《きよみず》の舞台から飛び降りるつもりで駆けだした。霊威を体の周囲に放ち、尋常ではない熱に耐える。炎のなかに飛び込むと、全身の水分が沸騰するような感覚に襲われた。

これは……っ。

想像以上の温度だ。しかもこちらに気づいた火蛇が石畳の地面を粉々にして突っ込んでくる。だがそんな窮地のなかでも人々の声は届いた。

「神宮寺少尉、頑張れーっ！」

見ず知らずの誰かの声が背中を押した。強く強く一歩を踏み出し、間一髪のところで火蛇の頭を飛び越えた。そして腕を振り被《かぶ》ると、彰人は頭蓋に神刀を突き刺す。今までの鳴き声とは違う、火蛇の甲高い悲鳴が響き渡った。

「よくやったぞ！　これで——終《しま》いだ！」

空中から落ちてきた嵐花がそのままの勢いで神刀の柄に触れた。直後、指先の浄炎が刀身を伝って火蛇へと流れ込む。巨体がうねり、先程よりさらに大きな悲鳴が響き渡った。

火蛇は激しくもがき、帝都劇場の壁や大階段の残骸にぶつかっていく。だが彰人はサーベルを離さない。そうして数秒もすると、全身の炎が弾けるように消え失《う》せた。火蛇の巨体は一度大きく仰《の》け反《ぞ》り、そのまま砂のように崩れていく。

あとに残ったのは大量の砂山だけ。

その頂きにサーベルを突き刺す形で彰人は立っていた。

……討ち取った。

そう確信した途端、冷や汗が噴き出てきた。呆《あき》れるくらい紙一重の攻防だった。しかし隣にいる嵐花はひどく楽観的だ。

「よしよし、なんとかなったな。二百年前のあいつはもう少し小さかったから浄炎で焼けたが、今回はちと危なかったな」

「……なに？　まさか確証無く私を突っ込ませたのか⁉」

「いや勝算はあったぞ？　神刀を通じて体内に浄炎を炸裂させてやれば、奴は倒れるだろうと思っていた。おそらくだがな」

「おそらくなのか⁉」

頭痛がして思わず膝をつきたくなった。だがそういうわけにはいかなかった。怪異が討伐されたことに気づき、人々が一斉に集まってきたからだ。そして口々に礼を言われた。

「ありがとうよ、少尉さん！　おかげで店が燃えずに済んだよ……っ」

「あんなでっかいあやかしを倒しちまうなんてさすが軍人さんだ。助かりました」

「本当にありがとうございます。子供を抱いていたから走るに走れなくて、火の玉が飛んできた時はどうなることかと……っ。神宮寺少尉はあたし共の命の恩人です」

「いや、自分は職務を果たしたまでで……」

人々からこうして感謝されることなど初めてで、つい口ごもってしまった。

今まで帝都に現れた怪異は、鉄鼠やこぎつねのように動物と変わらない大きさのものがほとんどだった。火蛇の巨体を見て皆、よほど恐ろしかったのだろう。なかには涙まで流し、彰人に握手を求める者もいた。なんとも不思議な気持ちだ。

一方で帝都劇場自体はまだ燃えている。程なくして治安部の消火隊が出動してきて、現場はまた慌ただしくなった。

そうして人の行き来が激しくなった頃、嵐花が無造作に背を向けたことに気づいた。また気まぐれにどこへなりともいくのだろう。

長い髪が揺れる背中を見て、ふいに直感するものがあった。

ひょっとすると、この鬼はもう帝都から出ていくのかもしれない。なんの確証もないが自然にそう思った。だとしたらどんな言葉を掛けるべきだろうか。

ずっと『千鬼の頭目』として追っていたことを謝罪すべきか、それとも火蛇討伐の助力に礼を言うべきか。迷った末に彰人は呼びかけた。

「嵐花」

ガス灯のほのかな明かりの下、去っていく背中に告げる。

「お前に逢《あ》えてよかった」

返事はなかった。ただ後ろ手に軽やかに手を振り、長い髪が夜風に揺れる。

嵐花は去っていく。どこまでも自由に勝手気ままに、伝説の鬼はこうして帝都の夜へと消えていった――。

終章　鬼は今日も帝都に酔う

火蛇《かしゃ》の一件から数日が経《た》った。

御堂河原《みどうがわら》の屯所《とんしょ》の執務室で、彰人《あきひと》は書き物をしている。舶来品の万年筆で認《したた》めているのは帝都《ていと》劇場が炎上した際の詳細な報告書である。実はすでに一度提出済みなのだが、軍上層部からさらに細部まで記すように命じられたのだ。直接的な被害の原因となったのが帝都軍の重鎮である黒峰《くろみね》中将だったため、その処遇についてかなり紛糾しているらしい。さらなる判断材料として報告書の追加を求められたというわけだ。

黒峰中将自身はすでに治安部によって捕縛されている。式神によって帝都を騒がせた罪は重い。いずれにしろ、何かしらの形で責任を負うことになるだろう。

ただ彰人としてはやや複雑なところだった。あの時、中将が火蛇を出したのは彰人への対抗心があったからに他ならない。自分にも責任の一端はあると考えている。

「浮かない顔だな、神宮寺《じんぐうじ》。頼むから報告書に余計なことを書かないでくれよ？　尻拭いするこっちの身にもなってくれ」

面倒くさそうな顔でそう言うのは、執務室のソファーに座り込んだ不破《ふわ》である。追加の報告書の内容を情報部として承認するため、彰人が書き上げるのを待っているのだ。

「黒峰中将は自業自得だ。身の丈に合わない式神なんか出すから身を滅ぼすことになる。なんなら極悪人のように書いてやれ。そうすりゃ上層部の喧々囂々《けんけんごうごう》な会議も収束するってもんだ」

「断る。報告書に虚偽を書くわけにはいかない」

「へえ？　一度は嘘《うそ》っぱちの報告書を出したのにか？」

「……二度も報告書に虚偽を書くわけにはいかない」

「変わったねえ、お前さん」

くく、と不破は妙に楽しそうに笑った。

非常に遺憾なことだが、最初の報告書、そして今書いている二度目の報告書において、彰人は虚偽を記している。内容は大友寿太郎《おおともじゅたろう》のことである。

帝都劇場の事件の顛末《てんまつ》を記していくと、遡って彼が嵐花《らんか》と交流をしていたことまで記述しなくてはならない。しかし内務卿《きょう》を輩出する家系の大友寿太郎にとって、それは明確な汚点になってしまう。よって彰人は該当部分を書き換え、大友寿太郎は文字通り嵐花にかどわかされただけ、ということにした。

ただこの件は情報部が甘味処《どころ》などで確認を行うと、簡単に露見してしまう。迷った末、彰人は不破へ正直に打ち明け、報告書の改竄《かいざん》を了解してもらった。

「しかし、いくら幼い子供のためとはいえ、まさか虚偽報告なんて軍規違反まで犯すようになるとはなあ。というか、素直に俺を頼ってきたことに驚きだよ。なあ実際のところ、一体全体どういう風の吹き回しなんだ？」

「……帝都軍は帝都の民のためにある。ならば徒《いたずら》に民を窮地に陥らせる必要などないだろう」

万年筆を動かしながら思い返すのは、嵐花の言葉。

もっとまわりに目を向けろ、とあの鬼は言っていた。そうすれば手を差し伸べる誰かがいるはずだ、と。あの時、思い浮かんだのは不破の顔だった。自分はその直感に従っただけだ。

彰人はとても小さく、ほのかに笑みを浮かべる。

「あえて言うなら、肩の力を抜いただけだ」

「へえ、肩の力をねえ。そりゃ良いこった」

こちらの口元を見て、不破はソファーの肘置きに頰杖《ほおづえ》をつくと、にやにやと笑いながら小指を立てた。

「ひょっとして神宮寺少尉殿にもとうとう良縁が舞い込んできたのか？」

「そういう冗談は好まない。やめろ」

瞬時に笑みを消し、冷徹な視線で見据える。途端に不破は顔を引きつらせた。

「怖っ。だから圧が強いんだよ、お前さんは。真顔で睨《にら》んでくるなって。だいたい多少は勘繰りたくもなるってもんだろう？　あの無表情かつ無感情で有名だったお前さんがそんな可愛《かわい》い動物を連れ歩くようになったらさ」

不破が執務机の上を指差した。そこには綿が入った人形のように丸っこい、こぎつねがぺたーっと伏せていた。さらには先程から鼻先で彰人の肘辺りを突《つつ》いてきている。

「ねーねー、ご主人さまー、遊んで遊んでー？」

「………………」

「ねーってばー、ご主人さまー」

「……くっ」

小さなこぎつねにこれでもかと懐かれ、不破に言い返す言葉が思いつかなかった。

執務机に乗っているのは、あのこぎつねである。嵐花が新しい住処《すみか》を見つけるなどと言っていたように思うが、あろうことか、置いていってしまったのだ。

彰人が気づいたのは帝都劇場前で嵐花が去った後のこと。そのまま放っておくわけにはいかず、さりとて怪異をただ連れ歩くこともできず、悩んだ末に彰人はこのこぎつねを自身の式神にした。ご主人さまと呼ばれているのはそうした理由である。

「私は今忙しい。あとにしろ」

「わかったー」

一旦はそう頷《うなず》くものの、数秒するとまた肘の辺りに鼻先が当たってきた。

「もういい？　遊んで遊んでー？」

「……まったく」

根負けし、懐から呪符を取り出した。霊威《れいい》を込めて宙に放つ。

「ほら、これでいいだろう？」

「わーいっ」

呪符が飛んでいくと、こぎつねは楽しそうに尻尾を振って追いかけ始めた。

その光景を見て、不破がまた茶化してくる。

「可愛いもんだなあ。やっぱりそのこぎつねちゃんを使って、意中のご婦人の気を引くつもりなんだろ？　正直に言えって」

「違う。仕方なく預かっているだけだ」

「意中のご婦人から？」

「まったく違う」

うっかり者の鬼からだ、と思わず言いそうになってしまった。

さすがに嵐花が連れていたこぎつねだとは不破にも言えない。ただ大友寿太郎の記述を削除した件もあるので、おそらく薄々は気づいているだろう。その上でこうして茶化すのだから不破もいい性格をしている。

それもこれもすべてあの鬼のせいである。

今、奴はどこにいるのだろうか。

この数日、陰陽特務部《おんみょうとくむぶ》にはこれといった出動命令は出ていない。あれだけ連日騒ぎを起こしていたというのに、ぱったりと止まってしまった。やはりもう帝都にはいないのだろう。

「…………」

書き物の手を止め、腰のサーベルに触れた。神刀は今もこうして彰人の手元にある。帝都軍からの『千鬼《せんき》の頭目《とうもく》』討伐の任務はまだ解かれていない。率先して推し進めていた黒峰中将が捕縛されたことで、命令が宙に浮いた状態なのだ。

火蛇討伐に嵐花が大きく貢献したことを報告書に書けば、討伐命令は撤回されるかもしれない。しかし大友寿太郎の件で嵐花をかどわかしの犯人として書いているので、下手な記述をすれば上層部に疑念を抱かれかねなかった。心苦しいが火蛇は彰人が単独で討伐したことにしている。民衆の目撃者もいるにはいるだろうが、軍においては陰陽特務部の報告が優先される。情報部の協力も得ているので、目撃者から露見することはないだろう。

ふと思った。

あの騒がしい鬼がいつかまた帝都に現れたら、自分はどうするのだろうか。

軍人としてまた奴を追うだろうか。それとも酒でも酌み交わすのだろうか。

ただ、もう神刀を使って死にたいとは思わない。自分には帝都の人々を守るという責務がある。後ろ向きな姿勢ではなく、自分の確かな意志でそうしたいと思っていた。となれば……。

「……そうだな、奴を捕えて式神にでもしてやろうか」

こぎつねが呪符を追ってぐるぐると回っている姿を見て、そんなことを思った。するとソファーの方で不破が小首をかしげる。

「どうした、神宮寺？　何か言ったか？」

「いやこっちの話だ」

軽く首を振って、万年筆を握り直す。書き物を再開しながら『ああ、そういえば……』と思い出し、また口を開いた。

「不破、酒は呑《の》めるか？」

「おいおい、情報部を舐《な》めてるのか？　こっちは帝都軍のお歴々としょっちゅう呑み交わすのも仕事のうちなんだぞ。人並み以上にいける口さ」

「わかった。ならば今の状況が落ち着いたら一杯奢《おご》ろう」

「は？」

「なんだ、その顔は？」

「いや……俺は今、お前さんに呑みに誘われたのか？」

「そう言っている」

「神宮寺家と不破家はもともと対立してた家柄だぞ？」

「私とお前はもはや報告書改竄の共犯だ。今さら家柄を気にしてどうなるものでもない」

そう言い切ったものの、途中でふと不安になった。

一度、小さく咳払《せきばら》いをし、きちんと不破の方を見る。

「私と酒を呑み交わすのは……嫌か？」

心なしか窺《うかが》うような口調になってしまった。

途端、不破が盛大に噴き出した。

「ははは、おいおい、それが帝都で最も恐れられた神宮寺彰人の顔か！」

「……もういい。この話は無しだ」

「いやいや拗《す》ねるなって。わかったわかった。行こうじゃないか。いくらでも付き合ってやるよ、少尉殿」

……まったく、なぜ自分がこんな恥をかかなければならないのか。それもこれもあの鬼のせいだ。いつかまた会ったなら、絶対に式神にしてやろう。

そんなことを思いつつ、何気なく窓の方へと視線を向けた。十字形の窓枠の向こうには青い空が広がっている。この空の下、奴はまたどこかで酒でも呑んでいるのだろう……と思っていると、ふいに気配がした。次いで聞き覚えのある声も響いてきた。

「──お、酒の話か？　だったら俺も交ぜてもらおうか！」

突然、外側から窓がぶち破られた。不破は「なんだあ!?」とソファーからひっくり返り、彰人は反射的に立ち上がる。一方、こぎつねはまったく動じることなく尻尾を振った。

「あれー？　鬼のお兄さんだー」

嵐花だ。あの鬼が窓を壊して執務室にやってきた。

「おう、お前か。どうだ？　俺が見つけてやった新しい住処の居心地は？」

「うんっ。ご主人さま、美味《おい》しい油揚げをくれるから好きー」

「な……っ」

のんきなやり取りに彰人は言葉を失《な》くした。嵐花はうっかりしてこぎつねを置いていったのではなく、最初から彰人のところに住まわせる魂胆だったらしい。

……いや違う。問題はそこではない……っ。

混乱しそうになる頭を必死に自制し、彰人は嵐花へ近寄っていく。

「何をしに現れた？　帝都から出ていったのではないのか？」

「あん？　そんなこと言ったか？」

「いや……」

言ってはいない。ただそういう雰囲気ではあったと思う。

「『霜月楼《しもつきろう》』で呑んだ東北の酒が美味《うま》かったからな。ちょいと現地に行って味見をしてきただけだ。なかなかだったぞ？　だが酒宴を開くとなると、やはり賑《にぎ》わっている帝都の方がいいな。というわけで酒だ、酒。一斗奢ると約束したろう？」

「していない。ふざけるな。一晩中呑み明かすつもりか」

頭痛を覚えて額を押さえた。すると床に尻もちをついた不破が眉をひそめる。

「呑み明かすって……神宮寺と鬼とがか？」

しまった。何か弁明をしなくてはならない。だが彰人が口を開くより早く、嵐花が大威張りで胸を張った。

「おう、その通りだ、人間よ。酒宴の約束をしている。最初は気に入らん奴だと思っていたが、まあ今となってはやむなしだ。なんせ彰人は俺の手下みたいなものだからな」

「手下……だと？」

自分のこめかみがぴくりと動いたのがわかった。一方、不破は目を丸くしている。

「じ、神宮寺が手下？　冗談だろ……？」

「冗談なものか。いいかよく聞け。俺はこいつの命を救ってやったんだ。死にたがりの馬鹿が蛇の鱗《うろこ》に潰されそうなところへ華麗に炎を放ってな。で、俺ががつんっと説教をし、目を覚まさせてやったというわけだ」

「神宮寺に説教？　確かに何か変わったと思ってたが……あ、まさか」

嵐花を指差し、不破が半信半疑の表情でこちらを見る。

「……良縁？」

「やめろ」

歯ぎしりをしそうになりながら、かろうじてそう告げた。

命を救われたのも説教をされたのも事実なので、微妙に否定しづらい。しかし得意げな嵐花の表情が非常に腹立たしい。上から目線の物言いはさらに続いた。

「これはもはや手下のようなものだろう？　あの時の彰人の言葉は忘れられん」

完全にからかっている口調で、嵐花はこちらの顔真似《まね》をする。

「嵐花。お前に逢《あ》えてよかった」

「──っ」

堪忍袋の緒が切れた。彰人は顔を引きつらせ、ゆっくりとサーベルを引き抜いていく。

霊威を込めると、刀身に蒼《あお》い炎が灯《とも》り始めた。

「……今、確信した。やはりお前は悪《あ》しき怪異だ」

嵐花はまだこちらに気づいていない。

今も不破に対してあれやこれやと吹聴している。

度し難い。こんな屈辱があるだろうか。叶《かな》うならすべて無かったことにしたい。そうだ、なかったことにするべきだ。

「ん？　なんだ、彰人？……おい、浄炎《じょうえん》が出ているぞ⁉　それは命を奪う力だろうが⁉

どういうことだ⁉」

彰人はゆらりと構えると、全力で斬り掛かる。

「私と共に死ね、嵐花！」

「うお⁉　心中を迫る花魁《おいらん》か、お前は⁉」

転がり落ちるようにして嵐花は窓から逃げ出した。

「く……っ、取り逃がしたか。不破、全隊に連絡を頼む。私はこのまま奴を追う！」

「ど、どうする気なんだ、神宮寺⁉」

「決まっているだろう⁉　奴は叩《たた》き斬るか、封印する！　それが陰陽特務部の役目だ！」

式神にするなど生ぬるい。やはり奴は陰陽特務部として断固たる措置をしなければならない。不破とこぎつねを残し、彰人は執務室を飛び出した。部下たちにも出動を命じ、屯所を出ると、着物の背中が帝都の空を跳躍していた。

「待て、嵐花！」

「断る。お前が泣いて酒を奢らせてくれ、と言うなら考えてやるがな！」

「戯言を……っ。絶対に逃がさんぞ⁉」

桜がひらひらと舞うなか、彰人は再び嵐花を追い始める。

帝都一の術者と伝説の鬼。

二人が織りなす帝都の追走劇は、今しばらく終わりそうにない――。

あとがき

こんにちは、古河樹《ふるかわいつき》です。

この度は『鬼はたまゆら、帝都に酔う』をお手に取って頂き、誠にありがとうございます。本作は帝都《ていと》を舞台としまして、孤高の少尉と美貌の鬼が織りなす追走劇……だったはずなのですが、鬼の嵐花《らんか》が作者の意に反して帝都のあちこちで好き勝手に遊びまわり、気づけばあんまり追いかけっこはしていないような……（汗）

それでも作者としては楽しく書けましたので、皆様に少しでも楽しんで頂けていたら幸いです。

嵐花が縦横無尽に動く一方、少尉の彰人《あきひと》は物語のなかで心情的なバランスを取るのがとても難しく、担当K様に何度も助けて頂きました。K様の物語を俯瞰《ふかん》する力とご助言がなければ、本作をこうして形にすることはできませんでした。本当にありがとうございます。

表紙イラストを手掛けて下さったサマミヤアカザ様にはお忙しいなか、ラフの段階から細かなリクエストに丁寧にお応え頂きましたこと、心より御礼申し上げます。貴重な時間を割いてご対応頂き、誠にありがとうございました。彰人のすらりとした躍動感や嵐花の美しい髪と背中に感動しております。

また本作の出版に合わせまして、前々作のシリーズ『妖狐《ようこ》の執事はかしずかない』のショートストーリーを特典として執筆させて頂けることになりました。妖狐執事の最終巻のあとがきで『何か機会があればまだまだ書けます』とさりげなく（？）アピールしていたのですが、まさか現実になってくれる日がくるとは思いませんでした。

完結後もファンレターを頂戴したり、インターネット上で妖狐執事に親しんで下さる方々の声があり、今回の特典に繋《つな》がったそうです。作者としてこんなに嬉《うれ》しいことはありません。応援して下った皆様、本当に本当にありがとうございました。遥《はるか》と雅火《みやび》は今日も黄昏館《たそがれかん》で元気にあやかしの調停をしています。

今回の『鬼はたまゆら、帝都に酔う』には、将来的に黄昏館と何か関係しそうなこぎつねもひょっこり登場していますので、妖狐執事同様、皆様にご愛顧頂ければと願ってやみません。

最後になりましたが本作をお届けするに当たり、多くの方々にお力添えを頂きました。デザイナー様、校正様、営業の皆様、書店の皆様、友人夫婦、実家の家族と愛犬、そして今ここをお読みのあなた様へ——厚く御礼申し上げます。

それではまたお会いできることを祈りまして。

五月某日　季節外れの夏日の午後　古河　樹

お便りはこちらまで

〒一〇二―八一七七
富士見L文庫編集部　気付
古河　樹（様）宛
サマミヤアカザ（様）宛

富士見L文庫

鬼《おに》はたまゆら、帝都《ていと》に酔《よ》う

古河《ふるかわ》 樹《いつき》

2023年8月15日　初版発行

発行者　山下直久
発　行　株式会社 KADOKAWA
〒102-8177　東京都千代田区富士見2-13-3
電話　0570-002-301（ナビダイヤル）

印刷所　株式会社暁印刷
製本所　本間製本株式会社
装丁者　西村弘美

定価はカバーに表示してあります。

●お問い合わせ
https://www.kadokawa.co.jp/（「お問い合わせ」へお進みください）
※内容によっては、お答えできない場合があります。
※サポートは日本国内のみとさせていただきます。
※Japanese text only

ISBN 978-4-04-074999-0 C0193